VIRGINIE KZL

Nous danserons sous les étoiles

Virginie KZL

ROMAN
Nous danserons sous les étoiles

Illustration de couverture : K2K Design

ISBN : 978-2-9556301-7-4

Dépôt légal : Décembre 2022

VKZL Stories

Avertissements

Cette histoire aborde des sujets difficiles tels que l'alcool, la drogue, le sexe, le suicide, la pauvreté.

Le contenu de ce roman peut donc être difficile à lire pour les personnes ayant vécu ces traumatismes.

*À Maryse. L qui travaillait au PIJ de Saint-Claude (971) à l'époque et qui
fut une maman et une oreille attentive pour beaucoup d'entre nous…
À toutes ces personnes qui consacrent leur temps à aider les gens dans le besoin,
Pour toutes celles et ceux qui ne croient plus en l'avenir.*

Note de l'auteur

Même si ce roman est avant tout une fiction, il est important de préciser à mes amis lecteurs certains points.

À travers ce récit, je voulais mettre en évidence des problèmes de société encore bien présents.

Je sais que certains passages froisseront sûrement les oreilles de certains lecteurs, mais je n'ai jamais voulu offenser qui que ce soit.

Que l'on soit riche, pauvre, célèbre ou non, de n'importe quelle confession religieuse ou de n'importe quelle couleur de peau, cette histoire aurait très bien pu concerner n'importe lequel d'entre nous.

Autre sujet très important de ce roman et comme je le répète souvent, il n'y a pas de « sots métiers ».

J'ai voulu raconter ce que beaucoup de gens vivent de nos jours. Parfois un mal-être ressenti par un grand nombre de personnes qui se sentent abandonnées ou délaissées.

Dans cette romance, j'ai voulu parler également d'un sujet qui me touche particulièrement : La pauvreté sous toutes ses formes.

Il est important de souligner que même s'il s'agit là d'une pure fiction, j'ai aussi voulu raconter un petit bout de ce que j'avais vécu plus jeune avec mon entourage et le milieu que je côtoyais chaque jour. Car oui, tout n'était pas rose. Mais si aujourd'hui je vous écris, c'est que la vie m'a offert une seconde chance…

Gardez toujours à l'esprit que la vie est faite de rebondissements et peut parfois paraître injuste, mais elle mérite tout de même d'être vécue.

« Croyez en vos rêves et ils se réaliseront peut-être. Croyez en vous et ils se réaliseront sûrement. »
Martin Luther King

Chapítre 1

J'ai toujours pensé que tout ce qui pouvait arriver dans la vie était dû au seul fruit du hasard.

Comme rencontrer l'amour de sa vie en allant chercher son pain au coin de la rue. Arriver à la station de métro pile-poil au moment où il arrive et grimper dans le wagon in extremis avant que les portes ne se referment. Gratter un ticket de jeu et devenir riche l'instant d'après. Ou tout simplement, quand le distributeur de sucreries décidait de faire tomber un produit coincé en plus du vôtre.

Évidemment, cela ne risquait pas de m'arriver car j'étais plus du genre à enchaîner les galères. Comme par exemple, oublier mon parapluie alors que la pluie n'allait pas tarder à tomber. Renverser ma tartine côté confiture. Couper la galette et, au passage, tomber sur la fève. Commencer un régime alors qu'on m'invitait au restaurant le jour même. Prendre une douche et faire un shampoing quand une coupure d'eau se déclarait inopinément.

Ou encore, tomber malade le jour d'un rendez-vous très important.

J'ai toujours su que la vie était faite de surprises. Mais j'étais aussi convaincue que toutes les choses bien ne pouvaient arriver qu'aux autres.

À vrai dire, il y avait bien longtemps que je ne m'attendais plus à grand-chose...

Perdue à travers un rêve bien agréable, mon réveil se mit à sonner comme pour me rappeler à la dure réalité.

J'eus à peine le temps d'émerger que je rejoignis ma mère pour l'aider un peu, puis je filai me préparer pour aller travailler.

Pas le temps de grignoter quoi que ce soit !

Après une petite douche express, j'enfilai mon uniforme composé d'un tailleur jupe, mes collants puis mes escarpins noirs. Et ensuite, je regagnai la salle de bain afin de fignoler ma préparation qui se devait d'être impeccable, comme toujours !

Je coiffai ma chevelure en chignon tout en prenant soin de ne laisser dépasser aucune mèche. Je finis par des perles aux oreilles, un maquillage léger avec un peu de rouge à lèvres, de fond de teint, de mascara et, la petite touche finale, du parfum.

Une petite demi-heure plus tard, j'attendais mon bus dans la rue voisine.

À mes yeux, je quittais la jungle. Car là où je me rendais chaque matin, la vie était totalement différente.

L'endroit où je vivais se situait dans un quartier que beaucoup de personnes préféraient éviter. En résumé, comme beaucoup de gens aux revenus modestes, je vivais en cité, dans un logement HLM, situé au 5 boulevard des Atlas.

Je parcourais la banlieue une trentaine de minutes pour rejoindre le cœur de la capitale.

Et je passais tous les jours devant ces endroits où je n'aurais jamais osé m'aventurer. Ces restaurants très chics, ces boutiques de luxe.

C'était un tout autre univers.

Vêtue de la sorte, certains auraient pu penser que j'étais secrétaire de direction ou encore une de ces jeunes cadres dynamiques.

En réalité, six jours sur sept, je me dirigeais vers le plus grand et le plus prestigieux hôtel de la ville.

Le « Rosebury Plaza Hôtel » était l'endroit où toutes les personnes très importantes et richissimes aimaient séjourner.

Avec ses nombreuses chambres et suites luxueuses, son room service et ses innombrables prestations, cet hôtel faisait parler de lui dans le monde entier.

J'avais la chance d'y travailler. Mais y séjourner et y travailler étaient deux choses bien distinctes. Deux mondes bien différents.

Après une dizaine de minutes de marche, je franchissais l'une des portes de service réservée au personnel. Nous n'étions pas autorisés à passer par l'entrée principale. Celle des VIP.

Aujourd'hui était un jour particulier. L'hôtel accueillait un très grand évènement prévu depuis bien des mois.

J'avais suivi cette manifestation avec la plus grande attention. Car le célèbre Thomas Prescott était l'invité prestigieux d'une conférence de presse organisée pour la sortie de son dernier film.

Le responsable avait mis le paquet pour que cette conférence ne passe pas inaperçue.

La presse couvrait l'évènement. Tous les acteurs principaux, les réalisateurs et producteurs du film étaient là, mais aussi des invités de marque. Sans oublier un cortège de fans qui attendaient depuis très tôt le matin alors que l'évènement avait lieu dans l'après-midi.

Évidemment, nous autres, membres du personnel, n'y étions pas invités. Pourtant j'en mourais d'envie. Nous devions veiller à ce que cette manifestation se passe dans les meilleures conditions.

Je devais bien l'admettre, Thomas Prescott était mon acteur préféré. En plus d'avoir un charme fou et un tel charisme, physiquement, il était tout à fait mon genre.

Je le suivais depuis quelques années, depuis son rôle dans un film de super-héros. À partir de cet instant, je n'ai manqué aucune de ses actualités. Mais il était certain qu'avec mon emploi du temps, je n'avais même pas un instant pour idolâtrer cet homme comme je le souhaitais.

À chaque fois qu'il sortait un nouveau film, je devais malheureusement faire l'impasse dessus. Il y avait d'autres priorités…

Je n'étais pas comme tous ces fans qui attendaient dehors sur le trottoir, mais j'aurais tout donné pour l'approcher et obtenir un autographe. Je les enviais car au lieu de ça, ma routine démarrait et avec la charge de travail qui m'attendait, ce n'était certainement pas aujourd'hui que j'aurais pu assister en douce à cette conférence.

Arrivée dans les vestiaires, j'épinglais mon badge à la poche avant gauche de ma blouse avant de procéder à une dernière petite vérification à travers le miroir. Quelques secondes plus tard, je pouvais partir.

Comme chaque jour, je préparais mon chariot avec tous les produits nécessaires puis m'attelais à nettoyer les vingt-cinq chambres et les quatre suites de cet étage.

— Service d'étage, lançais-je avant d'entrer dans la première chambre en utilisant mon pass.

Par chance, celle-ci était vide.

Après une petite vérification des lieux, j'aérais la chambre et je me mettais rapidement au travail.

Mes tâches quotidiennes se résumaient en un ordre précis : vider les déchets des poubelles et la panière de linge sale, désinfecter et laisser agir les produits dans la salle de bain, faire le lit, épousseter les meubles et bibelots, passer l'aspirateur, nettoyer la salle de bain, disposer le linge propre. Un petit coup de désodorisant et le tour était joué.

Dans la chambre suivante, je commençais déjà à appréhender. Elle était occupée depuis quatre jours par un homme d'affaires qui avait une telle réputation et surtout un sacré caractère que mes collègues m'avaient un peu briefé sur le personnage.

— Service d'étage !

— Entrez !

Concentré sur l'examen de documents, il me jeta un regard dédaigneux avant de reprendre son activité.

J'étais extrêmement mal à l'aise.

— Bonjour. C'est pour le ménage. J'en ai pour une quinzaine de minutes.

Il me fit un signe de tête pour seule réponse avant de replonger dans sa lecture. Je sentais bien que ma présence le dérangeait alors je ne perdis pas une minute.

Par chance, son téléphone se mit à sonner et l'homme se lança dans une discussion dans une langue que je ne reconnus pas.

Je n'appréciais pas de devoir faire le ménage sous les yeux des clients. Parfois, certains étaient difficiles à cerner ou à gérer. Ce n'était pas rose tous les jours, mais je n'avais pas le choix.

Heureusement, cette fois, j'en vis le bout rapidement.

— C'est terminé ! Excellente journée à vous, Monsieur.

Aucune réponse. Pas d'au revoir ou de remerciement comme certains clients l'auraient fait.

J'enchaînais les chambres et croisais quelques collègues au passage, mais nous étions bien trop occupées pour prendre quelques minutes pour bavarder. Et puis, ce n'était clairement pas conseillé.

Avec les nombreuses caméras qui étaient installées ici, nos responsables n'auraient pas mis longtemps à nous faire quelques remontrances. Nous n'avions pas le temps pour cela. Nous étions là pour travailler. Rien d'autre !

Nous pouvions nous détendre un peu seulement pendant la pause. Certains collègues avaient l'habitude d'apporter des petites choses à grignoter dans notre salle dédiée. Il y avait toujours à manger. Heureusement que l'ambiance était au rendez-vous car les journées étaient loin d'être faciles. C'était toujours un plaisir d'être accueillis par des petites douceurs. Et personnellement, je ne m'en plaignais pas car je n'avais jamais pour habitude de prendre le petit déjeuner. Il faut dire que je mangeais très peu.

Après plusieurs heures, j'arrivais enfin dans un second couloir où d'autres chambres m'attendaient.

Je rejoignis la chambre cent-cinquante-deux. La bonne humeur se dessinait à nouveau sur mon visage. C'était la chambre d'une personne que j'avais appris à connaître avec le temps et que j'appréciais particulièrement.

Miss Swann était une femme adorable et une très ancienne et richissime cliente du Rosebury.

Elle y séjournait régulièrement, juste pour le plaisir.

Même si c'était une grande voyageuse, elle ne quittait pratiquement jamais sa chambre sauf pour rejoindre ses amies avec lesquelles elle jouait au bridge.

C'était assez drôle, mais physiquement elle me faisait un peu penser à la Reine d'Angleterre. Elle était si belle, si coquette.

— Service d'étage !

— Ah ! Entrez.

Assise dans ce fauteuil Voltaire, elle était en pleine lecture et releva la tête aussitôt.

— Bonjour Miss Swann.

— Bonjour ma toute belle !

— Comment allez-vous aujourd'hui ?

— Bien ! Mais j'ai terriblement mal dormi.

— Ah ? Le lit ? Voulez-vous que je fasse inspecter la literie ?

— Oh non, ma chère. Vous et le personnel de cet hôtel tout entier ne pourrez rien y faire. Ce sont les aléas de la vieillesse…

— Ah… je vois, lui répondis-je en souriant.

— Mais ne vous attardez pas sur les paroles d'une vieille femme.

— Ne dites pas ça Miss Swann. Vous savez que j'aime bien discuter avec vous.

— Et vous êtes bien la seule ! fit-elle en rigolant.

— Les autres n'ont peut-être pas le temps. Notre travail est parfois très prenant.

— Pourtant vous trouvez bien le temps, vous !

— C'est vrai.

— Bon allez, je vous laisse tranquille !

— Oh… mais nettoyer votre chambre ne m'empêche pas de vous écouter, vous savez.

— Vous êtes adorable !

Comme d'habitude, j'écoutai la vieille dame tout en faisant le ménage. Elle me parlait souvent de ses enfants avec qui elle n'avait aucune relation. Ne plus les voir depuis toutes ces années la rendait si malheureuse. Son mari était décédé d'un fichu cancer. La pauvre femme passait son temps à voyager seule en compagnie de sa servante. Cet hôtel était devenu une sorte de deuxième maison.

Je ressortis de la chambre une vingtaine de minutes plus tard, mais avant, elle glissa un gros billet dans la poche de mon tailleur. Elle savait pertinemment que cela aurait pu me causer du tort. Nous n'avions pas le droit d'accepter les pourboires des clients. Et comme d'habitude, je refusai de prendre son argent, mais elle n'en avait que faire. Elle ne pouvait s'empêcher de faire ça. C'était sa façon de me remercier.

D'ailleurs, à chaque fois, elle ne cessait de me répéter avec un petit sourire : « Que cela reste entre nous, ma chère ! ».

Je l'aimais bien, Miss Swann. Dans le fond, elle me faisait penser à cette grand-mère que je n'avais jamais eue.

Il était presque dix-sept heures et il me restait encore les couloirs et quelques chambres à nettoyer avant de terminer ma journée.

Mais arrivée dans un autre couloir, des cris de foule se firent entendre, ils semblèrent provenir de la salle de réception. Celle où la conférence devait avoir lieu.

D'habitude, on n'entendait rien dans les étages, c'était bien la première fois. C'était étrange de percevoir tout ce raffut d'ici. En même temps, avec de tels invités, je pouvais comprendre cet engouement.

Il fallait croire qu'ils s'amusaient sacrément bien à cette conférence de presse. Et moi j'étais là…

Je franchis la porte d'une nouvelle chambre et m'apprêtai à commencer mon nettoyage lorsque je me rendis compte que le pistolet contenant le produit désinfectant était pratiquement vide.

Super ! On y retourne.

Je pris la direction inverse et rejoignis le lieu où j'avais récupéré mon chariot.

Je sillonnai le couloir d'un pas vif et décidé car mon travail était loin d'être terminé. Il me restait encore trois chambres avant de partir.

Sur le passage, je saluai ma responsable qui venait de prendre son service. C'était une femme stricte, un peu snobe, d'une droiture exemplaire, mais toujours très correcte avec ses employés. Elle avait pour habitude de porter un tailleur pantalon noir, un chemisier en soie blanc, des talons noirs très hauts et un petit foulard autour du cou. Vêtue de la sorte, à chaque fois, elle me faisait presque penser à une hôtesse de l'air.

Aujourd'hui, je la sentais particulièrement stressée. Elle parcourait le couloir à vive allure et demandait à des visiteurs de regagner l'entrée du bâtiment.

C'est à ce même instant que je fis la rencontre de plusieurs personnes que je qualifierai de très agitées. Téléphones portables en mains, certains couraient dans tous les sens. D'autres semblaient à la recherche de quelque chose.

Et en une fraction de seconde, un cri retentit de je ne sais où.

— Il est là ! Vite !

Ils se mirent tous à courir pour rejoindre l'ascenseur qui était déjà bondé.

D'un air très étonné, je les observais.

Est-ce que ces gens étaient sérieusement en train de capturer des Pokémons ?

Pour la petite anecdote, les gamins de mon quartier, et même les adultes, jouaient souvent à ce jeu très connu « *Pokémon GO* ». Alors j'ai tout de suite pensé que j'étais en plein milieu d'une chasse organisée au Rosebury.

L'allée se vida aussitôt. Je ne comprenais pas ce qui était en train de se passer, mais je commençais déjà à me poser pas mal de questions. C'était assez inédit.

Arrivée à destination, je sortis mon pass, mais fus très vite interpellée par un agent de sécurité qui déboula de nulle part. L'homme me demanda si je travaillais ici. Je lui montrai mon badge.

Il saisit son talkie-walkie et s'adressa à un autre homme.

Lui et ses collègues tentaient de disperser la foule dans l'hôtel.

Il ne s'attarda pas plus que cela sur moi.

J'ouvris la porte et allumai la lumière.

Là, je fus estomaquée par ma trouvaille. Dans un premier temps, je crus que j'allais hurler, mais je réussis à me contenir pour ne pas avoir l'air ridicule. Dans un second temps, je me demandai si je n'étais pas en train de fabuler.

— OK, là je peux mourir en paix !

Est-ce que mon esprit était en train de me jouer des tours ? C'était comme si un de mes rêves se réalisaient. J'étais perturbée, mais je gardais tout de même mon sang-froid.

Il était là, devant moi, et me fixait avec un regard anxieux. Je ressentais chez lui une certaine inquiétude. C'est alors qu'il ouvrit la bouche comme s'il était apeuré.

— S'il vous plaît, refermez la porte.

Je m'exécutai.

— Qu'est-ce que vous faites là ? Vous savez que cet endroit est réservé au personnel ? Et comment êtes-vous entré ?

— Je sais que je ne devrais pas être ici, mais je n'ai pas eu le choix. La porte était entrebâillée avec ce chariot. J'en ai profité.

— OK… Et vous attendez quoi ici exactement ?

— Quelqu'un qui voudra bien m'aider à sortir de là… rajouta-t-il d'un air gêné.

Je souris à mon tour, amusée. Comme si ma présence signait sa délivrance, son issue de secours.

J'étais tout de même dans de beaux draps. Il me restait encore du travail et, à présent, je devais voler au secours du célèbre Thomas Prescott !

Mais vu son état d'anxiété, je ne pouvais le laisser ainsi. Ma petite voix intérieure me supplia de l'aider.

Quelques secondes me suffirent pour prendre une décision.

— Attendez-moi ici. Je vais vérifier le couloir.

— S'il vous plaît. Je vous fais confiance.

Ses paroles m'interpellèrent alors que j'allais lui tourner le dos. Je ne comprenais pas sa réaction et une multitude de questions se bousculèrent dans ma tête. Pourquoi était-il enfermé ici ? Que s'était-il passé ? Pourquoi me faire confiance ? Que voulait-il dire par-là ?

Je revins sur mes pas, puis observai un instant à travers le petit hublot de la porte.

Le couloir semblait vide. Je l'ouvris comme si de rien n'était. Après tout, personne n'aurait eu de soupçon sur une femme de chambre. J'étais là pour effectuer mon métier, pas pour venir en aide à une star de cinéma qui s'était vraisemblablement égarée dans un des couloirs de cet interminable hôtel luxueux.

Je jetai un œil à gauche, puis à droite. Rien. La foule s'était dispersée. Je revins jusqu'à lui.

— Venez avec moi. C'est bon, la voie est libre, disais-je en souriant.

— …

— Allez venez ! je repris doucement.

Je sentais bien qu'il n'était pas très à l'aise. Il hésita, mais après quelques secondes, il s'exécuta enfin.

Nous nous engageâmes rapidement dans le grand couloir et arrivés devant une porte de service, j'utilisai mon pass pour la déverrouiller.

Nous poursuivîmes dans un autre couloir, beaucoup moins luxueux. Ici, il n'y avait pas de moquette rouge au sol, pas de belles tapisseries, pas de dorures, de tableaux ou de luminaires en cristaux.

Ici régnait une atmosphère emplie de froideur. Des murs blancs, du carrelage terni par le temps et des néons au plafond. Rien de plus classique.

— C'est bon ! Vous ne craignez rien ici. Cet accès est réservé au personnel. À part les serveurs, les cuisiniers, d'autres femmes de ménage ou mon boss, c'est à peu près tout ce que vous croiserez ici.

Nous rencontrions quelques-uns de mes collègues sur le chemin. Sans doute eurent-ils reconnu l'homme qui m'accompagnait. Certains me saluèrent comme si de rien n'était. D'autres ne m'adressèrent pas la parole et se retournèrent pour nous observer.

La sortie était tout proche, mais avant nous devions emprunter un ascenseur pour atteindre l'arrière du bâtiment.

Tom me laissa entrer la première. Quand je vous disais qu'il était tout à fait charmant…

J'appuyai sur le bouton « rez-de-chaussée ». La porte se referma enfin.

À part le grincement de l'ascenseur, il n'y eut pas un bruit. Je n'osai pas lui parler et il était sans doute bien trop abasourdi par ce qui venait de lui arriver pour décrocher un mot.

J'arrivais à peine à croire ce qui m'arrivait. J'étais enfermée dans le même ascenseur que le grand Tom Prescott.

Si je racontais ça aux autres, ils ne me croiraient certainement pas. Alors à quoi bon en parler ? En tout cas, je pris la décision de ne jamais révéler ce qui s'était passé aujourd'hui.

Une fois devant la sortie, je m'assurai que nous étions bien seuls. Je m'en serais voulu de l'avoir conduit, malgré moi, dans un traquenard.

J'ouvris la grosse porte de sortie et inspectai les lieux. La nuit commençait à tomber.

— C'est bon ! Vous êtes libre ! dis-je avec humour.

Mais très vite, le silence s'installa.

Tom sortit son téléphone et composa un texto.

Je ne savais pas si je devais attendre là avec lui ou si je devais repartir d'où je venais. Cette situation était assez embarrassante.

Il ressentit sûrement la même chose que moi, car en attendant son chauffeur, Tom prit les devants et nous conversâmes un peu, histoire de faire passer le temps.

— Vous êtes sûre qu'on ne craint rien ici ?

Je souris à ses paroles.

— Ne vous en faites pas, personne ne vient ici, à part les employés pour fumer une cigarette, mais c'est très rare.

— Me voilà rassuré… Et sinon, ça fait longtemps que vous travaillez ici ?

— Environ quatre ans.

— Et vous vous y plaisez ?

— Niveau ambiance, c'est plutôt sympa. Après, niveau travail, disons que ça paye les factures…

— Je vois.

— Et sinon, je peux savoir pourquoi le grand Thomas Prescott était caché dans mon placard à balai ? Je vous ai reconnu, vous savez. Ça m'a fait drôle de vous voir là. J'avoue que ce n'est pas tous les jours qu'on croise son acteur préféré.

— Vous savez qui je suis et vous n'avez rien dit ?

— Dire quoi ?

— En général, quand les gens me reconnaissent ça crée tout de suite l'émeute... Un peu comme ce qui s'est passé tout à l'heure. J'étais invité à cette conférence de presse pour la promotion de mon nouveau film. J'ai bien senti que le public était très agité de me voir, mais je ne m'attendais pas à ça... Et dire que mon agent avait doublé les effectifs. Même mes gardes du corps ne l'ont pas vu venir, on dirait... Je ne pensais pas qu'ils auraient réussi à passer les barrières de sécurité...

— Ah ! Je comprends mieux... C'était donc ça tout ce bruit. On entendait des hurlements depuis le premier étage. Je n'ai pas compris sur le coup. Les gens sont vraiment malades... rajoutais-je, amusée.

— Quand j'ai vu tout ce monde se ruer vers moi, je vous avoue que j'ai commencé à paniquer. Je voulais juste quitter cet hôtel. Mais ça ne s'est pas passé comme je l'aurais imaginé. J'ai dû me cacher dans ce placard à balai en attendant. Heureusement, vous étiez là.

— En tout cas, si ça peut vous rassurer, ce n'est pas mon genre. Je trouve même ça déplacé. Honnêtement, je vous adore, mais je n'aimerais pas être à votre place. Ça doit être génial la célébrité, mais je suppose que ça doit aussi avoir son lot de contraintes.

— Je ne vous le fais pas dire, fit-il d'un air amusé. Mais merci de me dire tout ça.

Un bruit de moteur se fit entendre. La lumière des phares vint éclairer la ruelle tout entière.

Je me redressai. Il fit de même. Nous jetâmes un coup d'œil furtif.

Une voiture fit son apparition.

— Ah ! Je crois que c'est pour vous.

Elle s'arrêta à notre niveau. Une sacrée belle voiture, pardi ! Il me faudrait au moins dix années de salaire pour me payer une voiture comme celle-ci.

Son chauffeur sortit de la voiture. Thomas, descendit les quelques marches et le rejoignit.

— Est-ce que tout va bien monsieur ?

— Mieux à présent ! le rassura-t-il avant de monter dans le véhicule.

Je ne m'attendais à rien de plus. J'avais accompli ma mission. J'avais aidé le magnifique Tom Prescott à s'enfuir de cet hôtel après qu'une horde de groupies ne l'ait pris malencontreusement en chasse.

Je leur tournai le dos et regagnai l'hôtel, quand sa voix retentit.

— Au fait, je ne vous ai pas demandé votre nom…

Thomas était revenu sur ses pas. Il était en bas des marches et me demandait comment je m'appelais.

Je me mis à sourire aussitôt. J'étais totalement conquise. Mais ce n'était pas le moment de me faire un film.

— Abby !

— Alors merci pour votre aide, Abby, fit-il avec un sourire charmeur.

Je souris également, puis fis demi-tour aussitôt.

Ce qui ne fut pas le cas de Tom. Il observa la jeune femme s'éloigner jusqu'à ce que la porte se referme derrière elle. Alors, un sourire se dessina sur son visage.

À l'intérieur, je m'adossai quelques instants contre la porte et me maudis intérieurement.

Comment avais-je pu laisser repartir mon idole sans même lui demander un autographe ?

Certes, je ne voulais surtout pas qu'il me voie comme les autres, comme toutes ses autres fans. Je voulais qu'il ait une autre image de moi. Mais je m'en mordais déjà les doigts.

Peu importe. Il était temps de retourner au travail. Une longue soirée m'attendait.

Chapitre 2

Je me remettais doucement de ma soirée d'hier. À vrai dire, je n'avais pas fermé l'œil de la nuit. Je repensais à Tom et à notre rencontre. C'était si irréel.

Je n'arrivais plus à me le sortir de la tête. J'avais tellement envie de le revoir, mais il fallait très vite que je redescende sur Terre si je ne voulais pas être déçue. Pour cela, ma vie palpitante ne se gênait pas pour me le rappeler.

Comme d'habitude, j'aidais maman à se préparer. Je m'occupai d'elle et partis chercher ses médicaments. Mais arrivée devant le bâtiment, à quelques mètres sous mes yeux, j'aperçus Tyler en très mauvaise compagnie…

Ce gamin était pour ainsi dire mon « chouchou » dans le quartier et il me considérait comme sa grande sœur. Il avait seize ans et était originaire d'Haïti. Il vivait seul avec sa mère. Il avait la peau noir ébène, de bonnes joues rebondis et était extrêmement grand pour son âge. Cela avait sûrement dû accentuer sa passion pour le basketball. Il était très sportif et semblait toujours joyeux alors que sa vie était tout le contraire…

Nous avions sympathisé depuis mon emménagement ici. Je l'aimais bien. C'était un bon gamin, mais malheureusement l'appel de la rue prenait souvent le dessus…

Je les reconnus. Ces gars-là étaient d'une bande rivale. Ils n'étaient pas de notre quartier.

Combien de fois des échauffourées voyaient le jour entre eux et les garçons de mon quartier ? Il valait mieux ne pas être dans les parages lorsque cela se produisait car, à chaque affrontement, on aurait dit qu'une guérilla civile avait eu lieu.

Le gamin sortit de leur voiture, une grosse berline noire comme dans les films de mafieux, ce qui ne me plut pas. Pourquoi Tyler discutait avec ces gars ?

Plus tard, j'attendis qu'il termine son entraînement de basket et le rejoignis sur le terrain. Avec son équipe, ils venaient de remporter une petite partie entre amis. Il fallait bien avouer que ces gosses étaient sacrément doués.

Il tentait de mettre encore quelques paniers alors que tout le monde était parti.

Le basket, c'était sa passion. Il ne pensait qu'à ça. Après les cours, il passait son temps sur ce terrain. Il voulait en faire son métier. Devenir basketteur, c'était son rêve.

Même si je ne croyais plus en Dieu, je priais pour qu'un jour il sorte de la rue et réalise ce rêve.

— Bien joué Ty ! m'écriai-je.

— Hey ! Salut Bee. Qu'est-ce que tu fais là ?

— Je passais dans le coin et je vous ai vus. Vous leur avez mis une sacrée raclée, dis-donc !

— C'est clair ! T'as déjà vu un « dunk » aussi beau que celui-là ?

— Frimeur ! Allez, passe-moi la balle.

J'attrapai le ballon et marquai un panier. J'étais plutôt bonne au basket, moi-aussi, mais clairement pas du niveau de Tyler. J'en avais juste pratiqué un peu pendant mes années collège et lycée.

Je jouai un peu avec lui et il en profita pour me montrer quelques trucs.

Ce gamin avait un lancer incroyable. Il ne loupait aucun panier.

Il était presque dix-neuf heures, nous jouâmes pendant une petite demi-heure, puis nous fîmes le chemin ensemble pour regagner notre bâtiment. Mais avant de nous quitter, je décidai d'en avoir le cœur net.

— Tyler, qu'est-ce que tu faisais avec les gars d'*Aspic* ?

— Pourquoi tu veux savoir ça ?

— Comme ça. Alors ?

— Rien !

— Rien ??!!

— Laisse tomber Bee. Je gère.

— Tu ne gères rien du tout ! N'oublie pas que tu n'es pas encore majeur, et inutile de te rappeler la réputation de ces types-là.

— …

— Qu'est-ce qu'ils te voulaient ?

— Ils sont venus me voir juste comme ça.

— Menteur ! Bref, je m'en fiche. Fais ce que tu veux.

— OK ! fit-il, amusé.

Il commençait à s'éloigner.

— Tyler, je suis sérieuse. *Il revint sur ses pas.* Tu sais que ce ne sont pas de bonnes fréquentations. J'aimerai que tu fasses attention. Tu as vu ce qui s'est passé la dernière fois. Tu as vu ce qu'ils ont fait à Louka ?

— Oui, Bee. Je sais.

— Je n'ai pas envie que tu sois le prochain sur la liste.

— Ça n'arrivera pas !

— …

Notre conversation ne l'avait pas effrayé plus que ça. J'eus même l'impression qu'il s'en fichait royalement.

Il eut beau essayer de me rassurer, je n'arrivais pas à m'ôter cette idée de la tête. J'avais si peur qu'il lui arrive quelque chose.

Tyler était un bon petit gars. C'était un bon gamin. Avec le temps, il était devenu une sorte de petit frère. Il était très serviable. Mais comme beaucoup de jeunes de notre quartier, il n'avait pas eu de chance depuis l'enfance. Son père était décédé lorsqu'il avait cinq ans. Après son décès, sa mère avait sombré dans le chagrin et plus tard, par tristesse, dans l'alcool.

Le gosse était sans cesse livré à lui-même. Et pour couronner le tout, il devait s'occuper d'une mère alcoolique et dépressive. Il avait grandi trop vite. C'était beaucoup trop pour lui.

Je savais bien que nous avions tous notre lot de galère, mais Tyler était beaucoup trop jeune pour vivre cela.

J'essayais tant bien que mal de le prendre sous mon aile et de l'aider à s'en sortir, mais l'appel de la rue était plus fort que tout.

J'avais si peur qu'il finisse mal que je demandai de l'aide à la plus improbable de toutes les personnes.

Quelques jours plus tard, je décidai de rendre une petite visite à un de mes voisins.

Je montai d'un étage et arrivai devant la porte de *Daryl* surnommé « Big Bro ». Une musique très forte provenait de chez lui depuis le couloir.

Daryl était le plus gros dealer de mon quartier. Il devait avoir environ trente ans. Un grand black assez costaud, recouvert de tatouages, qui faisait chavirer le cœur de ces demoiselles. Malgré tout son palmarès et sa réputation, les gens du quartier l'appréciaient. Car derrière son côté bad boy, il leur venait en aide dès qu'il le pouvait.

Il était juste un de ceux qui n'avaient pas eu de chance dans la vie.

Il avait été placé très tôt en foyer et en échec scolaire toute sa jeunesse. Sa mère était une pauvre femme qui se droguait et ne pouvait s'occuper de lui. Elle était morte d'une overdose. Quant à son père, il avait disparu un beau jour. Tout comme le mien.

Depuis, Daryl avait abandonné l'école et enchaînait les petits boulots, mais un jour il en eut marre de « galérer » comme il me disait.

Il répétait souvent : Pourquoi trimer pour se faire un salaire à peu près correct alors qu'en dealant, je peux me faire ce salaire et même beaucoup plus en une journée ?

Il commença à faire le guet pour un petit cartel, puis il se mit aux affaires à son tour. Jusqu'à contrôler le quartier tout entier.

La rue lui avait tout appris. Et pourtant, malgré tout cela, il n'avait pas oublié les valeurs. Peut-être que cela faisait partie de l'éducation stricte qu'il avait reçue plus jeune ?

Je l'ai connu dès mon arrivée ici et tout à fait par hasard. Ma mère et moi venions d'emménager. J'avais utilisé une partie de mes économies pour louer une camionnette et ramener nos affaires ici. Mais avec ma mère handicapée, je n'aurai jamais réussi à tout déménager toute seule.

Heureusement Daryl était là, ce jour-là. Et sans que je le connaisse, il nous donna un coup de main. Il fit même appeler sa bande pour nous aider. Sur le moment, j'avais trouvé ça vraiment sympa. Car dans le quartier bourgeois où je vivais autrefois, les gens n'étaient pas comme ça. C'était chacun pour soi…

Ici, même si on était pauvre ou qu'on se contentait de peu, les gens étaient plutôt soudés.

Avec ma mère, nous leur avions fait un gâteau pour tous les remercier et depuis nous avions sympathisé.

Et même si maman et moi connaissions sa réputation, nos rapports étaient toujours très corrects. Il nous appréciait. J'étais même devenue comme une petite sœur pour lui. Ma mère était, parfois même, sa confidente et tentait de le ramener dans le droit chemin, en vain.

Il ouvrit la porte et je pris en pleine face l'odeur de marijuana qui empestait à l'intérieur.

— Hey Bee ! Salut beauté, m'accueillit-il avec un grand sourire.

— Salut Daryl !

— Qu'est-ce que tu fais là ma belle ? T'es pas le genre à venir squatter ici, toi !

— Je sais, mais il faut que je te parle. C'est urgent.

— OK, alors entre !

Je jetai un œil à l'intérieur. Il était avec ses gars. Ils avaient tous des pétards et des bouteilles d'alcool à la main.

— Il faut que je te parle, seul !

— Ah ! V'là autre chose.

Il fixa ses potes dans la pièce et m'observa.

— Désolée, je chuchotai d'un air gêné.

— Qu'est-ce que je ne ferais pas pour toi…

— Merci, dis-je en souriant.

Il se retourna vers eux et frappa dans ses mains pour les encourager à partir.

— Bon allez les gars, la fête est terminée. On remballe !

Les autres se mirent à râler.

— Mais mec, on vient d'arriver !

— Tu déconnes ! lança un autre.

— Non, je déconne pas. Allez, cassez-vous ! On se revoit plus tard.

— Mais mec, sérieux…

Ils se levèrent et quittèrent l'endroit. Mais au passage, le dernier à partir saisit une bouteille sur la table. Daryl le regarda faire.

— Et ça, c'est ma bière ! T'as cru que t'allais te barrer avec ma bière au calme ?! fit-il, amusé.

Il arracha la bouteille des mains du gars en souriant et observa la porte se refermer sur nous. Il but une gorgée et m'observa.

— OK princesse ! De quoi tu voulais me parler ?

— Tu sais que je suis au courant de tout… pour le trafic et tout ce que tu fais avec tes gars. Mais tu sais aussi que je te respecte énormément.

— Ouais, comme tout le monde !

— Depuis que maman et moi, on est arrivées ici, tu nous as toujours aidées et malgré ce que certains peuvent penser, je sais que tu es quelqu'un de bien.

— Ça j'suis pas sûr sœurette, dit-il en rigolant. Mais pourquoi tu me dis ça ?

— Je voudrais te demander un petit service…

Il m'observa avec un regard suspect.

— Bon, t'accouches ?!

— Je voudrais que tu veilles sur Tyler.

Il se mit à rire.

— Bee, j'suis pas sa mère, hein !

— Daryl, je sais. Mais il ne m'écoute pas ! Si je te dis tout ça, c'est parce qu'il s'est passé quelque chose aujourd'hui.

— Il s'est passé quoi ?

Je cherchai mes mots. Quand on connaissait les tensions qui régnaient dans ce quartier et quand on savait pertinemment de quoi lui et ses gars étaient capables, à vrai dire, j'avais plutôt peur de sa réaction.

— Ce matin, je suis allée chercher les médicaments de maman et, sur le chemin, je l'ai vu avec des gars d'Aspic. Il sortait de leur berline. Je ne sais pas ce qui s'est passé exactement. À mon retour, j'ai essayé de savoir ce qu'il faisait avec eux, mais il n'a pas voulu m'en parler.

Soudain il rentra dans une colère noire. Il passa sa main sur son visage d'un air aigri.

— T'es sérieuse ? Ces fils de pute d'Aspic ont osé venir ici ? T'es sûre que t'as bien vu ?

— Oui, je les ai reconnus. Il y avait ce gars avec qui tu t'es pris la tête la dernière fois.

— Tyler, il est où ? Je vais le fumer !

— Je ne sais pas ! Mais s'il te plaît. Il est jeune et perdu. Ne t'en prends pas à lui. Il est influençable, tu sais.

Il marcha jusqu'à la fenêtre, fixa l'extérieur, puis revint vers moi après quelques minutes.

— OK ! Je vais veiller sur lui, Bee. Mais il a intérêt de se tenir à carreaux !

— Je suis sûre qu'il t'écoutera. Merci Daryl.

Depuis ce jour, je ne revis plus jamais les gars de cette bande rivale dans notre quartier et Tyler filait droit !

Daryl avait été un peu dur avec lui sur ce coup-là, mais il fallait lui faire comprendre les choses. Un petit recadrage semblait nécessaire.

Chapitre 3

Comme chaque matin, je préparai mon chariot avec tous les produits nécessaires. Et, comme d'habitude, ma collègue Gloria en profita pour me raconter ses péripéties avec son petit ami ou ses problèmes personnels. J'adorais cette femme. C'était la collègue avec qui je m'entendais le mieux.

Gloria était cubaine, fille d'immigrés. Elle était seule ici et se tuait à la tâche pour entretenir sa famille qui était restée au pays. Même sa petite fille de quatre ans était restée là-bas car elle n'avait pas eu la possibilité de la faire venir.

Elle était comme beaucoup de ces gens qui attendaient d'obtenir la nationalité.

C'était une très belle femme d'une quarantaine d'années avec de longs cheveux noirs qu'elle attachait en chignon en laissant échapper quelques mèches. Elle était d'une corpulence très forte et s'assumait totalement. Elle n'en avait que faire des « qu'en dirat-on ». Elle prenait soin d'elle et savait s'habiller en dehors du travail. C'est ce que j'aimais chez elle.

Et puis c'était un véritable boute-en-train ! Elle avait une énergie incroyable. Un rayon de soleil.

Même si je préférais dissocier les amis des collègues, je l'appréciais vraiment. Elle était devenue une confidente et c'était réciproque.

Je pris l'ascenseur pour rejoindre le deuxième étage. Là-bas une vingtaine de chambres m'attendaient. J'utilisai mon pass et avant d'entrer, je fis remarquer ma présence.

Une femme vêtue d'un maillot de bain très sexy vint m'ouvrir.

— Dany ! C'est pour le ménage, fit la femme.

J'entrai. L'homme s'approcha de moi et me reluqua de façon étrange. D'autres femmes le suivirent. Elles semblèrent joyeuses, tout comme lui. Ils partirent pour la piscine couverte. Mais avant de quitter les lieux, l'homme s'approcha de moi et me tendit un gros billet.

— C'est pour le ménage. Désolé, je vais vous donner beaucoup de travail…

— C'est gentil, mais je ne peux pas.

Il s'approcha encore plus près de moi et glissa le billet dans la poche située au niveau de mon sein gauche.

— Voilà ! *Ni vu, ni connu*, fit-il amusé avant de s'adresser aux quatre femmes. Bon allez les filles, tous à l'eau !

Ils quittèrent les lieux, me laissant bouche bée. Ce type avait tout de même un sacré culot !

Je reculai d'un pas et les observai marcher dans le couloir. Je crois bien que cet homme était l'incarnation de la désinvolture. Je n'avais jamais vu de clients aussi bruyants. Et vu ces femmes, j'étais persuadée que j'avais affaire à des prostituées et à un de ces richards qui voulaient juste passer du bon temps.

Mais arrivée à l'intérieur, une surprise de taille m'attendait. Finalement, je n'étais pas si loin de la vérité.

Je n'avais jamais vue une suite en si mauvais état…

Des bouteilles d'alcool jonchaient le sol, des sous-vêtements traînaient sur la moquette, des sex-toys et même des préservatifs utilisés étaient abandonnés çà et là. C'était vraiment écœurant ! Il n'y avait pas d'autre mot.

À cet instant, je compris mieux pourquoi il tenait tant à me donner cet argent. C'était sûrement sa façon de s'excuser pour tout ce bazar.

J'enfilai mes gants et me mis au travail sans perdre une minute. La matinée commençait bien…

Heureusement, ce fut la seule chambre dans cet état. Sur ce coup-là, j'étais chanceuse.

Mais alors que je m'apprêtais à rejoindre une autre chambre, ma supérieure m'interpella dans le grand couloir.

— Abigaëlle ?

— Oui, madame Talbot.

— Un coursier a déposé quelque chose pour vous à l'accueil. Vous n'oublierez pas d'aller le récupérer avant de partir.

— Très bien madame Talbot. Merci.

En fin de matinée, je passai récupérer ce fameux quelque chose avant de prendre ma pause déjeuner.

J'empruntai l'ascenseur et me rendis à l'accueil.

— Bonjour Carla. Madame Talbot m'a dit qu'il y avait quelque chose pour moi à l'accueil.

— Oh oui Abby. Je pense que ça va te plaire.

— Ah ?

Elle se retourna et saisit cet énorme bouquet de fleurs.

— Tiens, le voilà ! Le livreur a déposé ça et il y a aussi une carte.

Là, je ne sus plus quoi dire. Il était magnifique, mais c'était assez incroyable de voir ça. Jamais je n'avais reçu de fleurs et encore moins à mon travail.

— Euh… Tu es sûre qu'il n'y a pas une erreur ?

— Abby, c'est bien toi ?

— Euh… Oui.

— Alors il n'y a pas d'erreur ! Il y avait bien ton prénom sur le bordereau et le livreur a précisé que tu étais femme de ménage dans l'hôtel. Tu es la seule Abby qui travaille ici, fit-elle d'un air amusé.

— D'accord… alors merci !

Je fis comme si de rien n'était, mais j'en fus paralysée.

Je me doutai bien de qui il pouvait provenir et cela me pétrifia encore plus !

Je rejoignis la salle de pause qui par chance était vide et posai le bouquet sur la table avant de m'asseoir.

J'attrapai la carte. J'ouvris l'enveloppe et en lus son contenu.

Chère Abby,
Un bouquet de roses pour vous remercier pour l'autre soir.
Ce n'est pas grand-chose, mais je serai ravi de vous revoir un de ces jours.
Voici mon numéro. Appelez-moi quand vous aurez lu cette carte.
Amitiés
Tom

Je relevai la tête et ne pus plus faire le moindre geste. J'observai devant moi. Je ne comprenais pas ce qui se passait.

Est-ce que j'avais bien lu ? C'était bien Tom Prescott qui m'envoyait ce bouquet et qui m'avait donné son numéro de portable ? Je nageais en plein rêve.

J'étais déjà en train de m'imaginer tout un scénario quand j'entendis soudain des bruits de pas se rapprocher dans le couloir.

Je glissai rapidement la petite carte dans la poche de mon chemisier et plaçai le bouquet au centre de la table. *Ni vu, ni connu* comme aurait dit l'autre…

Mes collègues entrèrent avec leur repas à la main et commencèrent à manger.

Je fis de même, mais en restant silencieuse.

Toute l'attention était braquée sur ce joli bouquet, mais lorsqu'on demanda ce qu'il faisait là, je fis celle qui n'en savait rien.

Étant donné que cela concernait Tom, je préférai la jouer profil bas.

Et puis, celui-ci ne serait certainement pas ravi de savoir que son bouquet était resté ici pour égayer cette salle, plutôt que de rentrer avec moi. Mais c'était mieux comme ça.

Quant à la carte et son contenu, je décidai de ne pas en tenir compte et de les ranger aux oubliettes dans un des tiroirs de ma commode.

Dans le fond, à quoi auraient-ils servi ? Il me demandait de le contacter, dans quel but ? Pourquoi m'avait-il envoyé ce bouquet ? Peut-être que je me trompais, mais je voyais cela d'un mauvais œil.

Tant de questions auxquelles je n'aurais probablement pas eu de réponses.

J'avais tant de problèmes à gérer dans ma vie que je ne voulais pas en rajouter davantage.

Je laissai les jours passer et, même si ce cadeau me perturbait, je me forçai à passer à autre chose.

Mais ce ne fut pas la première ni la dernière fois que cela arriva car quelques jours plus tard, un autre bouquet m'attendait à la réception, puis un autre et encore un autre.

Pour être honnête, chaque semaine, j'en recevais un. Je commençais sérieusement à m'interroger sur les intentions de cet homme.

Est-ce que ce type était devenu fou ? Pourquoi insistait-il autant ?

Cette fois-ci, Gloria avait réceptionné un autre bouquet à mon attention. Une fois de plus, un coursier l'avait déposé à l'accueil. J'étais dans la salle de pause lorsqu'elle vint me trouver.

— Tiens, encore un autre ! fit-elle en me tendant le bouquet dans des tons rosés.

— Comment ça encore un autre ?

— Ton admirateur a remis ça, on dirait... lança-t-elle avec ce petit sourire.

— Qu'est-ce que...

— Tiens, il y a une carte. Et si tu me racontais ce qui se passe ?

— J'aimerai bien le savoir moi-même...

— Attends, attends...C'est le quatrième bouquet que tu reçois en un mois et tu veux me faire croire qu'il ne se passe rien ?

— C'est une longue histoire Gloria et je ne sais même pas si tu me croiras…

— Ça tombe bien, on a trente minutes de pause ! Je suis tout ouïe ; dit-elle, amusée.

Sur ces mots, je lui racontai mon improbable rencontre avec Thomas Prescott. Je lui confiai tout, dans les moindres détails.

Sa première réaction fut assez incroyable. Gloria était du genre à croire aux coïncidences et aux histoires de princes charmants.

Mais moi, pour avoir rencontré des « boulets » toute ma vie, je n'y croyais sûrement pas !

Elle me reprocha tout de suite de ne pas l'avoir recontacté. Selon elle, il souhaitait clairement me revoir et plus si affinité…

Mais je l'arrêtai tout de suite. Il était hors-de-question que je devienne un de ses passe-temps.

Même s'il était mon acteur préféré et que je l'admirais énormément, je connaissais bien les gens comme lui. J'en côtoyais chaque jour dans cet hôtel. Et ces bouquets de fleurs qu'il m'offrait n'étaient qu'un écran de fumée.

Je ne comprenais pas pourquoi il agissait de la sorte.

Peut-être qu'il cherchait juste à m'avoir dans son lit ? Une de plus… Peut-être que je ne serais juste qu'un amusement ?

Pourtant, tout était clair de mon côté. Je l'avais juste aidé à échapper à des dizaines de fans fous furieux qui s'étaient lancés à sa poursuite dans cet hôtel. Je n'étais pas une héroïne et je n'attendais rien en retour. Alors pourquoi faisait-il preuve d'autant de délicatesse envers moi ?

Je préférais ne pas donner suite à tout ça. J'avais décidé de faire l'autruche et de faire comme s'il ne s'était jamais rien passé.

Gloria était persuadée que j'avais tort alors, en quelque sorte, elle força le destin…

♡

Comme chaque jour où j'étais de repos, je recherchais un autre emploi.

Non pas parce que mon souhait était de changer de travail, mais parce qu'il m'en fallait un deuxième.

Avec ce je gagnais, je n'arrivais malheureusement pas à joindre les deux bouts. Entre le loyer, les factures, les dettes de ma mère, ses médicaments, ses soins... je n'arrivais pas à m'en sortir.

Parfois, j'arrivais à trouver des petits jobs pour quelques jours, mais cela ne suffisait pas. Autant dire que je ne chômais pas.

Heureusement, l'association de mon quartier nous permettait de gérer tout ça. Elle était tenue par des cinquantenaires, Maddie Angeli et son mari, Luis. Des anges gardiens qui aidaient les gens dans la précarité.

Là-bas on pouvait faire nos recherches d'emploi et tout ce qui nous était impossible au quotidien.

Une salle nous était mise à disposition avec des ordinateurs, des téléphones, des photocopieuses... etc.

C'est là que je me rendais à chaque fois.

Ce jour-là, alors que j'étais en train de noter les informations concernant une offre d'emploi, mon téléphone se mit à sonner. Je ne connaissais pas ce numéro alors j'ignorai l'appel. Mais une petite heure plus tard, ce même numéro appela à nouveau.

Je ne répondis pas non plus. Après tout, je me dis que si c'était urgent, la personne laisserait un message vocal. Et puis, il y avait tellement d'appels frauduleux que je commençais à saturer. À chaque fois que mon téléphone sonnait, c'était soit un commercial me proposant des volets et stores alors que j'étais locataire. Sinon, on me proposait souvent des formations... Ou alors on m'incitait à prendre un nouvel abonnement téléphonique. Et même parfois, quand je décrochais, il n'y avait personne au bout du fil ! Cela commençait fortement à m'irriter, alors un de plus ou un de moins...

Après avoir effectué mes recherches, je rentrai à la maison.

Quelques heures plus tard, vers vingt heures, mon cellulaire se manifesta à nouveau. Agacée, je finis par décrocher.

— Mademoiselle Saint-Clair ?

En entendant la voix de mon interlocuteur, j'étais persuadée d'avoir encore affaire à un de ces commerciaux que je m'apprêtais à envoyer sur les roses.

— Écoutez…

— S'il vous plaît, ne raccrochez pas. C'est Thomas Prescott.

Mon sang ne fit qu'un tour. J'étais au bord de l'AVC. Avais-je bien entendu ?

— Comment vous avez eu mon numéro ?

Et surtout comment avait-il su mon nom ? Lors de notre rencontre, j'avais pourtant fait exprès de lui donner mon surnom.

— Votre amie Gloria…

— Gloria ?!

À présent, tout devenait plus clair…

— Oui, mais ne lui en tenez pas rigueur. J'ai quelque peu insisté.

— Qu'est-ce que vous me voulez ?

— Vous rencontrer ! Si vous le voulez bien.

Ça y est, il commençait à me faire son numéro.

— Oui ! Enfin non ! Enfin… Écoutez, je ne suis pas sûre que cela soit une bonne idée.

— Mademoiselle Saint-Clair, je voudrais juste remercier comme il se doit la personne qui m'a aidé quand j'en avais besoin. D'ailleurs, on dirait que vous n'avez pas aimé mes fleurs.

— Euh si… elles étaient magnifiques. Mais…

— Ce n'est pas grave. Je voulais juste vous remercier et prendre de vos nouvelles. J'espère que nous pourrons un jour faire plus ample connaissance. Ça me ferait très plaisir.

— …

— Bon, eh bien, je ne vous dérange pas plus longtemps. Je vous souhaite une bonne soirée.

— Merci Tom. À vous aussi.

Je raccrochai et restai figée un moment en repensant à ce qui venait de se produire. Le grand Tom Prescott venait de m'appeler au téléphone. C'était inimaginable !

Et qu'est-ce Gloria venait faire dans toute cette histoire ? Je ne comprenais pas son rôle dans tout cela, mais lorsque je la revis au travail quelques jours plus tard, elle me confia son petit secret.

Tom s'était rendu à l'hôtel incognito quelques jours plus tôt et avait demandé à me parler. La réceptionniste l'avait informé que je n'étais pas présente ce jour-là. Et alors qu'il était sur le point de partir, il croisa par hasard Gloria qui était en service.

Il lui demanda si elle me connaissait. Elle réussit malgré tout à le reconnaître et, évidemment, elle n'avait pu tenir sa langue... Elle ne fit pas autre chose que de lui dire que nous étions amies.

Elle aurait très bien pu tenter de le mener en bateau ou de cacher la vérité. Mais au lieu de ça, elle avait poursuivi la conversation autour de moi et avait même osé lui donner mon numéro de téléphone. Mais ça je ne l'appris que bien plus tard...

Sacrée Gloria ! Elle faisait toujours les choses sur un coup de tête. Comment avait-elle pu me mettre dans un tel pétrin ?

Chapítre 4

Ce soir-là, il était presque vingt heures trente. J'avais terminé mon travail un peu plus tôt et Jerry m'avait donné l'autorisation de quitter le travail avant vingt-deux heures.

Autant dire que la soirée commençait plutôt bien.

Je m'habillai et quittai l'hôtel par l'une des sorties réservées au personnel avant de prendre la direction de l'arrêt de bus situé au coin de la rue.

Là-bas, j'observais les horaires de passages indiqués à l'écran.

Pour une soirée qui commençait bien, j'étais tout de suite persuadée du contraire…

Mon bus avait une bonne demi-heure de retard. J'habitais à une vingtaine de minutes d'ici et il était déjà tard.

Je soupirai, puis je ne perdis pas une minute. Je décidais de rejoindre à pied la prochaine station de métro située à une dizaine de minutes. Mais alors que je longeais la grande rue, une voiture noire – une grosse berline – ralentit et roula à ma vitesse.

La fenêtre du passager arrière se baissa.

— S'il vous plaît…

Je fis comme si je n'avais rien entendu et continuai de marcher à une allure plutôt rapide. Sur le coup, j'avais peur d'être alpaguée par un de ces lourdauds de dragueur dans la rue ou un client de l'hôtel qui m'avait sûrement reconnue. Mais la voix reprit.

— S'il vous plaît, mademoiselle…

C'est étrange, j'avais l'impression de l'avoir déjà entendue.

Je tournais la tête. Là, ma surprise fut à son comble.

Je m'arrêtai sur-le-champ.

— Vous ?

— Désolé de vous importuner.

— Qu'est-ce que vous faites là ?

— Votre amie Gloria…

Ouh ! Elle allait me le payer celle-là. Elle avait encore remis ça.

— Euh… Excusez-moi, je suis pressée !

Je me remis à marcher de plus belle. Mais il n'avait pas l'intention d'en finir avec moi.

— Je vous en prie. Attendez.

— …

Alors que je m'apprêtais à traverser, la voiture s'arrêta brusquement devant moi dans l'intersection.

À ce moment-là, je ne savais plus quoi faire.

Tom sortit aussitôt pour me rejoindre.

— Écoutez, je sais que tout cela peut vous paraître étrange, mais je vous assure que je ne suis pas en train de vous harceler si c'est ce que vous pensez.

— Alors pourquoi vous me suivez ?

— Parce que vous ne répondez pas à mes appels et à mes messages. Pourquoi ne pas me dire carrément que vous ne voulez plus que je vous contacte ?

— Je suis assez occupée en ce moment.

— Très bien… Alors pardonnez-moi. Je ne voulais pas vous déranger. Après notre rencontre, je pensais qu'on aurait pu faire plus ample connaissance. Je voulais vous inviter à boire un café.

Si mes souvenirs sont exacts, vous m'avez dit que j'étais votre acteur préféré, alors je pensais que ça vous ferait sûrement plaisir. Mais je constate que ce n'est pas le cas, alors je ne vous dérangerai plus. Je vous le promets.

Sur ces mots, il se retourna et partit en direction de la voiture.

Toutes ces années, j'étais comme ces gens qui l'avaient poursuivi à l'hôtel. Tom Prescott était mon idole depuis toujours. Ma chambre – avec tous ses posters, ses figurines et autres goodies – pouvait en témoigner.

Et maintenant que je l'avais rencontré et qu'il souhaitait qu'on se connaisse un peu plus, je le repoussais sans aucune raison ! Ça n'était pas logique. Pourquoi étais-je aussi stupide ?

Pourtant, malgré cette petite voix qui me conseillait de prendre mes distances, je décidai de faire tout à fait le contraire.

— Tom… Attendez ! m'écriai-je.

Il fit demi-tour avec un air malheureux.

— Oui ?

— Je suis désolée. Mon côté méfiant prend un peu trop le dessus par moments.

— Je comprends.

— C'est d'accord pour le café ! Demain si ça vous va.

— Vraiment ?

— Oui !

Soudain, son visage s'illumina.

— Merci d'avoir changé d'avis. Je connais un café sympa près du lac. Nous pourrions y aller si cela vous va.

Je lui adressai un sourire, mais au fond j'étais très mal à l'aise.

— Ça sera très bien.

Il sourit à son tour.

— Il faut que je rentre maintenant.

— D'accord. Alors, je vous souhaite une bonne soirée.

Sur cette conversation, il remonta dans la voiture.

Je les regardai s'éloigner dans la ruelle et rentrai à la maison en repensant à cette soirée.

♡

J'appréhendais ce rendez-vous, mais en même temps, je devais bien avouer que j'étais surexcitée à l'idée de revoir Tom.

Je lui avais proposé de nous rencontrer aujourd'hui car c'était mon seul jour de repos. Je décidais de m'accorder un moment de détente pour une fois.

Pour l'occasion, j'avais fait un petit effort vestimentaire, mais rien de bien transcendant pour une personne constamment habillée de façon plutôt ordinaire.

Cette fois, j'avais choisi un pantalon et un chemisier noirs, des bottines à talons hauts, un petit sac à main et un long manteau beige.

Et dire que ces fringues dataient d'il y a plus de quatre ans…

C'étaient celles que je portais encore pendant mes études. Quatre longues années que je n'avais pas fait de shopping… J'étais loin d'être une victime de la mode, c'est sûr.

Après un petit trajet en bus, je pris la direction du café du lac. Il m'avait donné rendez-vous à seize heures au « café Jolly Lake ».

Honnêtement, je ne pensais pas qu'il m'aurait donné rendez-vous dans cet endroit.

Je n'avais pas l'habitude d'aller là-bas car tout ce qui était proposé n'était clairement pas dans mes moyens.

À l'approche du rendez-vous, je commençais à paniquer. J'étais à deux doigts d'annuler, mais quelque chose m'avait convaincue de garder mon sang-froid.

Lorsque j'entrai dans le bâtiment, Tom me fit signe. Je partis le rejoindre. Il était vêtu très simplement et portait des lunettes de soleil. Il faut dire que le soleil était d'une telle vigueur ce jour-là. Mais c'était aussi, pour lui, le meilleur moyen de se dissimuler des regards indiscrets.

Il se leva pour m'accueillir.

— Abby ! Je suis content de vous voir. Asseyez-vous.

Je pris place. Il s'assit ensuite.

— Ça fait longtemps que vous êtes là ?

— Un petit quart d'heure environ.

— …

La serveuse s'approcha de nous et nous distribua deux cartes.

Je saisis l'une d'elle et là, la panique m'envahit. J'ouvris la carte et détaillai minutieusement tous les prix avant de regarder les boissons proposées.

Le café le moins cher sur cette carte était déjà beaucoup trop onéreux pour mon portefeuille.

Tom déposa la sienne. Il avait sûrement déjà choisi, mais moi, je continuais à étudier la douloureuse…

Quelques minutes plus tard, la femme revint.

— Puis-je prendre votre commande ?

— Un macchiato, s'il vous plaît, répondit Tom.

Moi, j'hésitais encore.

— Madame ?

Mais il n'y avait pas à hésiter là-dessus. Je finis par commander le café le moins cher de la carte.

— Euh… un expresso ! dis-je avec un sourire embarrassé.

J'eus l'impression que Tom me regardait étrangement.

La serveuse s'éloigna enfin.

— C'est la première fois que vous venez ici ?

— Oui. Et vous ?

— Je viens souvent quand je ne suis pas en tournage.

— Et personne ne viens vous embêter dans ce café ? Vous êtes quand même Thomas Prescott.

Il se mit à rigoler.

— Vous n'allez pas me croire, mais c'est bien le seul endroit où on ne m'embête pas ! À part une dizaine d'autographes et des photos, c'est plutôt calme. Peut-être que les gens qui viennent ici ont autre chose à faire. Ou peut-être qu'ils ne me connaissent pas et n'ont jamais vu aucun de mes films, dit-il en rigolant.

— C'est vraiment possible ça ? répondis-je amusée.

Nous nous mîmes à rire. La conversation démarrait plutôt bien.

La serveuse revint nous apporter nos cafés.

Tom sentit que j'étais sûrement mal à l'aise, alors il prit les devants.

— Je vous remercie d'être venue. Et je voulais aussi m'excuser d'avoir tant insisté pour vous revoir. Je vais être très honnête avec vous. Ce que vous avez fait pour moi la dernière fois m'a énormément touché. Vous n'étiez pas obligée de le faire. D'ailleurs, peu de personnes l'auraient fait. C'est pour cela que j'ai tenu à vous revoir. Pour vous remercier et apprendre à vous connaître.

— C'est très gentil de me dire tout ça, mais vous ne me devez rien. Je n'attendais rien en retour. En vérité, je n'aurais jamais cru que vous auriez essayé de me revoir. Quand je recevais tous ces bouquets, je croyais même à une mauvaise blague. C'est dur de dire ça, mais en général les gens comme vous ne s'intéressent pas aux gens comme moi.

— Les gens comme moi ? s'étonna-t-il.

— Oui… je veux dire par-là que les gens célèbres ou fortunés n'ont pas le temps de s'attarder sur des gens comme moi. Je travaille dans l'un des hôtels les plus prestigieux du pays. Je sais exactement de quoi je parle, croyez-moi.

— Vous n'avez pas de bons rapports avec les clients de cet hôtel on dirait.

— Oh si, bien sûr. Mais à leurs yeux, je suis une femme de chambre. Je fais le ménage, je les sers et rien de plus. Un jour, il y a même eu un client très riche qui pensait pouvoir avoir un « extra », si vous voyez ce que je veux dire… Les gens riches n'ont parfois aucune limite.

— Je vois. Je suis navré d'entendre ça. Mais je peux vous jurer que ce n'est pas dans mes intentions. Je ne vous demanderai jamais ce genre de choses, vous en avez ma parole.

Sa sincérité me fit rire. Il était si mignon en me disant tout ça.

— C'est bon, je vous crois.

Je le sentais sincère. Cette conversation commençait même à me plaire. J'avais l'impression que je pouvais lui faire confiance. Qu'il n'était pas comme tous ces riches.

Et je ne m'étais pas encore rendu compte que j'étais petit à petit en train de succomber à son charme.

Mais comme dirait ce vieil adage : « *Tous les bons moments ont une fin* ».

L'heure de nous quitter approchait à grands pas. Et alors que nous étions en train de discuter de son dernier film, qui était pour moi une merveille, son portable se mit à sonner.

Il s'adressait à un certain *Grant* qui souhaitait qu'il passe le voir plus tard. Tom accepta.

— Excusez-moi, il fallait que je réponde. Malheureusement, je vais devoir y aller. Je dois passer voir un ami. Cela semblait urgent.

Je changeai d'humeur sur-le-champ. Et même si je faisais celle qui ne laissait rien paraître, j'étais déçue car j'aurais aimé passer un peu plus de temps avec lui.

— Bien sûr, je comprends.

Mais en fait c'était tout le contraire ! Comment pouvait-il m'abandonner ?

Je connaissais bien ce genre de technique. L'ami qui vous sauve in extremis d'un rencart foireux…

J'étais persuadée que c'était le plan. Notre rendez-vous le saoulait certainement alors son ami l'avait sauvé au bon moment.

Et d'un autre côté, il était bientôt dix-neuf heures. Nous avions passé tout l'après-midi ensemble. Il fallait bien que ce rendez-vous se termine à un moment.

Je ne savais plus trop quoi penser.

Je saisis mon sac à main et attrapai mon portemonnaie pour régler ma part. Lorsque je l'ouvris, je fus dépitée par son contenu.

J'avais à peine de quoi régler un simple café ! Pas étonnant que Tom ait eu envie de prendre la fuite.

Il se leva, enfila son manteau rapidement et se dirigea vers le comptoir.

— Attendez-moi, je reviens, me dit-il.

— D'accord.

Alors en l'attendant, je fis de même et préparai la monnaie.

Il revint quelques secondes plus tard.

— C'est bon. On peut y aller.

— Mais attendez, je n'ai pas réglé.

— C'est fait !

— Ah… mais…

— Je vous ai dit que je vous invitais, rajouta-t-il avec ce sourire.

À cet instant, je ne savais plus quoi dire, car à chaque fois que j'avais rendez-vous avec un homme – ce qui était très rare –, je payais tout le temps ma consommation. Je n'étais pas une femme vénale, mais c'était bien la première fois qu'un garçon faisait preuve d'autant de galanterie envers moi.

— Alors merci, répondis-je d'un air gêné.

Arrivés à l'extérieur, Tom proposa de me raccompagner, ce qui m'étonna. Mais je préférai rentrer seule. Je ne voulais surtout pas qu'il voie l'endroit où j'habitais. Qu'aurait-il pensé de moi ?

Il se retourna pour me faire face.

— J'ai été ravi de passer un peu de temps avec vous.

— Moi aussi.

Il eut un grand silence. Puis nous primes la parole tous les deux en même temps.

— Tom…

— Abby…

Si son maudit téléphone n'avait pas sonné, j'aurais pu profiter encore un peu de sa présence.

Je préférais savoir ce qu'il avait à me dire avant.

— Oui ?

— Rentrez bien, fit-il avec son habituel sourire charmeur.

Là, je ressentis comme un petit pincement au cœur. J'étais persuadée qu'il aurait insisté pour me revoir. Mais au lieu de ça, il me fit ses adieux.

Le soir venu, chez lui, Tom repensa à cet après-midi.

Son avis était assez mitigé. Il ne savait pas quoi penser de tout cela.

Comme prévu, son ami Grant qui était censé lui sauver la mise pendant ce rendez-vous vint lui rendre visite.

Tom lui ouvrit.

En voyant son ami faire triste mine, il tenta de lui remonter le moral.

— J'ai apporté les bières !

— Je crois que j'en ai bien besoin ! Entre.

Tom prit la direction du salon. Grant ferma la porte et le suivit. Ils prirent place dans le sofa.

— Houlà. Ton rendez-vous galant ne s'est pas passé comme prévu ? On dirait que je t'ai appelé au bon moment.

— Disons que je ne m'attendais pas à ça.

— Alors, déçu ?

— Non. Je ne dirai pas déçu, mais je ne l'ai pas sentie très ravie d'être là. Pourtant avant que tu appelles, j'avais l'impression que le courant passait plutôt bien…

— Ah… Allez, raconte !

— En vérité, je ne sais pas quoi penser de tout ça. J'ai l'impression que de nous revoir ne lui a fait ni chaud ni froid.

— Elle ne t'a pas parlé ?

— Si, si, mais il manquait la petite étincelle de la dernière fois…

Grant se mit à rire.

— Sérieusement ?

— …

— Tu as remué ciel et terre pour revoir cette fille et tu ne sais pas quoi penser de tout ça ?

— Je sais. C'est vraiment incroyable, répondit-il amusé.

— Elle te plait au moins ?

Tom but une gorgée de sa bière, s'enfonça dans le canapé et fixa devant lui d'un air pensif.

— 1m75, de longs cheveux ébène, de grands yeux noirs, des lèvres sublimes, un petit air d'Adriana Lima[1]… Comment dire…

— D'accord, n'en dis pas plus, fit Grant avec ce sourire. Au moins, connaissant tes goûts, c'est déjà un bon point. Et le reste ?

— C'était agréable de discuter avec elle, mais je la sens plutôt sur la réserve. Je sais qu'on ne se connaît pas encore, elle et moi, mais soit elle est très timide, soit elle se méfie de moi ou alors je ne suis pas du tout son genre d'homme, dit Tom avec un sourire déguisé.

---

[1] *Mannequin américaine*

— Ça, tu n'en sais rien !

— Pas faux.

— Alors, il n'y a qu'une seule façon d'être fixé.

— Si c'était aussi simple…

— Tu comptes la revoir ?

Tom frotta son visage. Il se redressa sur le sofa, fixa son ami d'un air mal à l'aise tout en souriant et esquissa un sourire.

♡

Je ne pouvais plus garder cette histoire secrète. J'avais besoin d'en parler. Heureusement, je n'avais pas grand-chose à faire car Gloria était assez friande de ce genre de discussion. Et elle suivait cette relation de très près. J'avais même l'impression qu'elle n'attendait que ça !

Ce matin-là, au travail, Gloria m'aidait à plier les draps dans la blanchisserie, pendant que *Mariama* repliait les serviettes de toilette.

Elle attrapa un bout du drap, moi, l'autre.

Mariama était une collègue que j'appréciais également. Une mama africaine au caractère bien trempé.

Même si je n'étais pas aussi proche d'elle que de Gloria, je pouvais parfois lui confier certaines choses.

Je sentais bien que Gloria m'observait avec ce petit regard persistant depuis ce matin. Elle semblait plutôt impatiente. D'ailleurs, la veille, elle n'avait pu s'empêcher de m'envoyer un message pour savoir comment notre rendez-vous s'était passé. Je n'avais pas souhaité rentrer dans les détails.

Mais à cet instant, elle ne put s'empêcher d'aborder le sujet.

— Alors, ce rendez-vous ? me demanda-t-elle.

— C'était bien…

— C'est-à-dire ? Bien ou BIEN ?

— On a fait connaissance. On a bien discuté. Mais voilà… j'ai trouvé ça trop court.

— Vous vous êtes vus tout l'après-midi pourtant ?

— Oui, je sais. Mais j'aurais voulu passer un peu plus de temps avec lui.

— Chaque chose en son temps ! me dit-elle.

— Et tu penses que vous allez vous revoir ?

— Je ne sais pas. En tout cas, il ne m'a pas laissé comprendre qu'il voulait me revoir. Et depuis, je n'ai aucune nouvelle de lui alors je préfère ne pas me faire d'illusions.

— Et tu as bien raison ma fille ! lança Mariama.

— Ça ne va pas de lui dire ça ? reprit Gloria.

— Et alors ? Tu sais très bien ce que les hommes comme lui attendent ! Il va coucher avec elle et après, il la jettera !

— Ne l'écoute pas Abby ! Voilà ce qui arrive quand on est aigri de la vie ! fit-elle en souriant.

Je ne pus m'empêcher de rire en les écoutant toutes les deux. Pour ne pas changer, elles commençaient à se disputer.

Cela arrivait souvent, mais comme d'habitude, rien de bien méchant.

— En tout cas, jamais aucun homme n'a autant insisté pour me revoir, moi ! Et je n'ai jamais reçu autant de bouquets de fleurs dans toute ma vie !

— Magie, ça !

— Magie ? demandai-je d'un air dubitatif.

— C'est ce qu'on dit chez moi. C'est comme ça que le loup attire les innocentes brebis à la bergerie…

Je pouffai de rire avec Gloria. Mariama avait dit ça de façon si spontanée.

La pauvre, il faut dire qu'elle enchaînait les déceptions amoureuses.

Je pouvais comprendre son dégoût, son dernier mari lui en avait fait voir de toutes les couleurs. Ce qui n'était pas le genre de Gloria qui croyait aux contes de fée.

— Appelle-le ou envoie-lui un message.

— Hum… je ne sais pas…

— Mais pourquoi tu hésites ?

— Si tu veux mon avis, ne lui fais pas confiance ! reprit Mariama.

— Pourquoi tu dis ça ? lui demandai-je. Tu sais, ils ne sont pas tous pareils.

— Tous les mêmes, je te dis, ma fille.

— N'importe quoi ! tonna Gloria. Et puis de quoi je mêle ?

En signe de mécontentement, Mariama émit un « Tchip » comme à chaque fois qu'elle n'était pas en accord avec quelqu'un. Ça aussi, ça venait de chez elle, comme elle le répétait souvent.

— Tu sais, ça parle beaucoup ici. Les gens ont vu les bouquets de fleurs défiler comme moi. Ils ne sont pas aveugles.

— C'est vrai que dans le genre discret… je rajoutai d'un air embarrassé.

— Enfin bon, je t'ai donné mon avis, ma chérie. Maintenant, si tu préfères écouter Gloria… dit-elle vexée.

Heureusement, leur petite dispute ne dura pas.

Mariama s'approcha d'un des paniers à linge sale et en vida le contenu pour mettre le linge en machine quand, soudain, elle tomba sur quelque chose de pour le moins incongru.

— Mais j'aurais vraiment tout vu ici ! fit-elle.

Gloria se mit à hurler de rire. En voyant la tête de cette pauvre Mariama, je ne pus m'empêcher de faire de même.

Elle enfila un gant en latex et, d'un air dégoûté, attrapa entre son pouce et son index un string qu'une cliente de l'hôtel avait sans nul doute « égaré ».

Chapitre 5

Les jours défilaient et je n'avais pas de nouvelles de Tom.

J'avais repris mon train-train quotidien. J'allais au travail, je m'occupais de ma mère, je passais du temps à l'association. Et je repensais à ce rendez-vous avec lui.

C'était triste de dire ça, mais à part mes collègues, je n'avais personne à qui me confier et je n'étais pas du genre à parler de ma vie amoureuse à ma mère. Elle avait assez de problèmes comme ça. Quant à Gloria, elle était une collègue de travail. Et même si je m'entendais très bien avec elle, je préférais ne pas lui confier trop de choses sur ma vie et ne rentrais jamais dans les détails.

Au final, j'étais très seule. Et cette solitude finissait par me peser. Alors peut-être que j'avais vu en Tom un nouvel ami. Enfin j'espérais qu'on le devienne, mais visiblement ça n'était pas dans ses projets.

Depuis notre rendez-vous, je n'osais pas l'appeler ou lui envoyer de message. J'avais peur qu'il m'ait déjà oubliée. Même si cela ne m'était jamais arrivé, j'avais peur de me prendre un

« râteau » et puis je ne voulais pas qu'il se fasse une mauvaise idée de moi. Je préférais ne pas insister. Dans le fond, j'espérais qu'il me recontacte.

Ce soir-là, vers vingt heures, alors que je partais en salle de pause, Jerry me fit appeler.

Je bifurquai vers son bureau. Arrivée devant la porte, je vérifiai que mes cheveux étaient bien coiffés et que ma tenue était impeccable. Autant Jerry était un homme plutôt sympathique, autant il était très strict. Pour la bonne image de l'hôtel, chaque employé devait avoir un comportement et une tenue exemplaire.

Une fois ces petites vérifications effectuées, je toquai.

— Bonsoir Monsieur Aster, vous vouliez me voir ?

— Bonsoir Abigaëlle. C'est exact. Clara de l'accueil a réceptionné cette enveloppe pour vous.

— Une enveloppe ?

— Tenez !

— Merci.

Notre conversation fut courte. Moi qui redoutais ce qu'il avait à me dire, j'étais tout de suite rassurée. Si ma collègue avait eu ce courrier à l'accueil, au moins, j'étais sûre qu'il ne s'agissait pas d'une lettre de licenciement.

Je quittai les lieux et regagnai la salle de détente.

J'ouvris l'enveloppe. Il y avait une lettre et deux places pour une représentation théâtrale.

En lisant le message, je restai figée.

Abby,

Je m'excuse de ne pas vous avoir donné de nouvelles plus tôt. Je n'ai aucune excuse.

Pour me faire pardonner, je donne une petite représentation au « Théâtre Orsini » dans quelques jours. Je me suis dit que cela vous ferait plaisir d'y assister.

Vous trouverez deux places. Je serais heureux de vous revoir.

J'espère que vous viendrez.

Amitiés

Tom

À ce moment-là, j'eu envie de hurler ma joie, mais je me retins.

Tom ne m'avait pas oubliée. Il devait être sacrément occupé. C'était pour ça qu'il ne m'avait pas recontactée.

Je n'en croyais pas mes yeux. Tom m'avait invitée à l'une de ses représentations. En temps normal, jamais je n'aurais pu me payer une place pour assister à l'un de ces spectacles.

Déjà que c'était très. dur de pouvoir visionner tous ces nouveaux films. Heureusement, avec l'association du quartier, nous pouvions en profiter. Il y avait une petite salle avec une télé et des dvd.

Maddie, la gérante du centre, mettait à notre disposition un peu de tout pour se divertir. Et les jeunes en profitaient même pour passer les derniers films qu'ils avaient téléchargés illégalement. Mais ça, c'était une autre histoire…

Autant dire que je finissais la soirée en beauté. J'étais si heureuse que je rayonnai dans tous les étages. Mes collègues ne m'avaient jamais vue aussi joyeuse.

Lundi 4 avril, 11 h
Bonjour Tom,
Je vous remercie pour les places de théâtre. C'est très gentil d'avoir pensé à moi.
Je viendrai vous voir avec plaisir.
Abby

Lundi 4 avril, 11 h 02
Bonjour Abby,
Merci pour votre message. Je suis content que vous veniez. Passez me voir dans ma loge après le spectacle. Je serai ravi d'avoir votre avis sur cette représentation.

Lundi 4 avril, 11 h 06
Entendu, je viendrai.
Bonne journée.
À bientôt

Lundi 4 avril, 11 h 08
J'ai hâte.
À bientôt

J'étais tout excitée, mais je dus faire face à un gros dilemme.

Tom m'avait fait parvenir deux places de théâtre. À part ma mère, je ne connaissais personne qui aurait pu m'accompagner à ce spectacle. Et avec sa maladie, la pauvre n'aurait pas tenu toute une soirée assise dans sa chaise.

Peut-être que Gloria aurait été intéressée, mais je ne connaissais pas exactement ses goûts.

De toute façon, il n'y avait qu'une seule façon de le savoir.

Alors plus tard, après le travail, alors que nous étions en train de nous changer pour rentrer chez nous, j'en vins directement au fait.

— Gloria, je voudrais te demander quelque chose…

— Quoi ?

— Tu aimes le théâtre ?

— Pas du tout !

Ça c'était dit, ça c'était fait ! Au moins, elle avait été directe dès le départ. En même temps, la connaissant, j'étais quasi-certaine de sa réponse.

— Ah ! D'accord. Pas grave.

— Mais pourquoi tu me demandes ça ?

— Tom m'a invitée à venir le voir en représentation au théâtre. Il m'a envoyé deux places, alors j'ai pensé à toi… Mais ce n'est pas grave. Je demanderai à quelqu'un d'autre.

Évidemment, elle ne put contenir sa surprise et esquissa un signe de croix en marmonnant quelque chose en espagnol qui me fit rire aussitôt.

— « Dios es grande[2] » ! Évidemment que je viendrai ! Je ne raterai ça pour rien au monde, disait-elle amusée.

— Super ! Je suis contente.

----

[2] *Dieu est grand.*

J'étais à la fois soulagée et très stressée.

Gloria m'avait affirmé qu'elle n'aimait pas le théâtre alors je commençais déjà à appréhender cette soirée.

Mais quelques jours plus tard, le soir venu, j'allais très vite être fixée.

Nous nous étions donné rendez-vous à la station de métro près du Rosebury. La salle de spectacle où nous nous rendions se trouvait dans les beaux quartiers, près de l'Opéra.

Je ne mettais les pieds là-bas que très rarement, pour ne pas dire jamais.

Une fois de plus, c'était peut-être bête de penser cela, mais je ne me sentis pas à ma place. Je n'avais plus l'habitude de fréquenter ce genre d'endroit. La dernière fois que j'avais mis les pieds au théâtre remontait à l'époque de mes études.

Après avoir fait valider nos places, nous nous rendîmes vers la salle.

Gloria observa les moindres recoins et s'émerveilla de tout.

À l'intérieur tout était splendide : des sièges dorés capitonnés recouverts de tissus rouge comme les rideaux, du bois sculpté avec des dorures, des tapisseries aux murs, des luminaires en cristaux…

Nous prîmes place dans les sièges qui nous avaient été attribués. Et autant dire que Tom nous avait réservé les meilleures places car la vue était parfaite de là où nous nous trouvions.

Après une quinzaine de minutes, la lumière s'assombrit et une musique retentit soudain.

La foule applaudit lorsque le rideau s'ouvrit enfin.

Un homme fit son entrée sur scène. Le spectacle pouvait alors commencer. Puis ce fut au tour d'une femme de fouler le plancher.

Mais lorsque Tom pointa le bout de son nez, la foule applaudit encore plus.

Dans cette comédie, ils jouaient tous les trois une relation extra-conjugale un peu particulière. Lui, jouait le rôle du mari infidèle.

Je devais bien avouer que ça changeait des rôles de super-héros et tout le reste qu'il avait pu avoir au cinéma.

Malgré son personnage que je n'appréciai pas plus que cela, je l'observai avec un regard admiratif. J'étais si heureuse d'être là et de pouvoir le voir de mes propres yeux. Cela ne me procurait pas la même sensation que de le voir à l'écran.

Il avait une telle prestance qu'en entendant sa voix, des frissons me parcoururent tout le corps.

Ma vision périphérique me laissait entrevoir Gloria à certains moments. Elle me zieutait avec un petit sourire en coin de temps en temps. Elle devait bien se ficher de moi, mais je faisais comme si de rien n'était. Pour être honnête, je me concentrais sur Tom.

Il y eut plusieurs entractes très courts. Puis un plus grand. Certains en profitaient alors pour se dégourdir les jambes ou aller boire un café.

— OK c'est l'entracte. Si tu veux aller au petit coin, c'est maintenant !

— C'est l'« en quoi » ?

Je me mis à rire.

— L'entracte. La pause si tu préfères.

— Ah ! Je pensais que c'était comme au cinéma.

— Non, pas tout à fait.

— Bon alors je reviens.

— OK à toute !

Elle se leva et quitta la salle. Quant à moi, j'observais tout autour de moi avec l'espoir de croiser Tom. Mais cela n'arriva pas.

Gloria revint et me tendit un paquet.

— Tiens. Je sais que tu aimes les bonbons !

Je me mis à rire.

— Ah !!! Tu me connais par cœur !

Le spectacle reprit. Cet acte était beaucoup plus amusant que les autres. La salle semblait comblée. Gloria riait aux éclats. Moi aussi.

Ça me faisait tellement de bien de voir autre chose. De laisser les soucis de côté pour me détendre un peu.

Puis la fin approcha. Les acteurs saluèrent le public. Et pour ne pas changer, la foule se mit à hurler lorsque Tom s'avança et prit la parole à son tour. Le rideau se referma sous un tonnerre d'applaudissements.

— C'était super ! me fit remarquer Gloria.

— Mais tellement !

— Bon, eh bien maintenant, direction la loge du beau gosse ! lança-t-elle, amusée.

J'éclatai de rire.

Comme Tom me l'avait proposé, nous nous dirigeâmes vers les coulisses.

Il y avait énormément de monde. Même la presse était là. Des agents de sécurité montaient la garde à l'entrée.

Je m'approchai de la première armoire à glace. L'homme à la carrure impressionnante m'observait au loin, les bras croisés avec un air sérieux.

— Bonsoir.

— Bonsoir.

— Je voudrais voir Tom, s'il vous plaît.

— Vous avez un laissez-passer ?

— Euh… non.

— Alors vous ne rentrez pas !

— Écoutez, c'est Tom lui-même qui m'a demandé de le rejoindre après le spectacle. C'est lui-même qui m'a offert les places. Vous pouvez lui demander si vous ne me croyez pas.

— C'est cela. Et moi je suis le président de la République, lança-t-il avec ironie, ce qui fit rire les autres à ses côtés.

— …

Cet abruti avait réussi à me clouer le bec. Je n'osais plus dire quoi que ce soit. Je n'avais même plus envie de me justifier à vrai dire.

Je m'éloignai d'eux. Je saisis mon téléphone et je tentai de joindre Tom. Sans succès.

Après deux appels, je tombai sur sa messagerie.

Je finis par laisser un message.

J'étais très déçue, mais après tout, il venait de terminer son spectacle. Son portable n'était sûrement pas sa priorité.

Gloria s'approcha de moi et posa son bras sur mes épaules pour me réconforter.

— C'est pas grave, ma belle. Ça sera pour la prochaine fois.

Elle me raccompagna jusqu'à la station de métro.

En tout cas, sur le trajet, elle m'avait confié qu'elle avait passé une excellente soirée. Et ce fut une grande première pour elle car elle n'avait jamais assisté à une pièce de théâtre.

Finalement, même si j'étais très déçue de ne pas avoir pu voir Tom, cette soirée n'était pas si mal que ça.

♡

Il fallait croire que Tom n'avait pas encaissé le fait que je ne sois pas venue le voir après le spectacle. Et il me le fit très vite remarquer.

Après mes messages et appels en absence, il me rappela enfin.

— Abby, j'ai vu que vous avez essayé de me joindre.

Mais j'étais si frustrée que je préférais garder la mésaventure avec ses agents de sécurité pour moi.

— Oui, mais ce n'était pas important.

— Est-ce que tout va bien ?

— Ça va…

— J'ai été très déçu de ne pas vous avoir vu l'autre soir.

Alors là, c'en était de trop ! Il pensait sérieusement que j'aurais loupé ça ? Finalement, je lui dis immédiatement la vérité.

— Oh mais détrompez-vous, j'étais là ! Je suis même venue avec Gloria.

— Vraiment ?

— Oui. Vous pouvez lui demander.

— Non. Je vous crois.

— J'avoue que ça m'a fait bizarre de vous voir dans le rôle du vilain mari. C'était très différent des rôles que vous aviez au cinéma.

— C'est sûr. Et pourquoi n'êtes-vous pas venue me voir avec Gloria après la représentation ? Je vous attendais.

— Vos gardes du corps…

— Comment ça, mes gardes du corps ?

— Ils n'ont pas voulu me laisser passer. C'est pour ça que j'ai essayé de vous joindre. Mais je n'ai pas insisté, je ne voulais pas vous déranger.

En entendant cela, il releva la tête et soupira d'amertume. Il y eut un grand silence.

Il était persuadé qu'Abby avait fait exprès de l'éviter ce soir-là. Il pensait même qu'elle n'était pas venue.

Il était mal et s'en voulait terriblement d'avoir douté d'elle.

— Tom ? Vous êtes là ?

— Oui Abby. Je suis là. Je suis vraiment navré. Je leur avais pourtant dit de vous laisser entrer.

— Ce n'est pas grave Tom. Ils ont sûrement dû oublier… Enfin, au moins vous le savez. Je vous assure que je n'aurai loupé ce spectacle pour rien au monde ! Gloria et moi, on a adoré.

— Je suis ravi de l'entendre.

— Bon, eh bien, je vous remercie de m'avoir appelée.

— Je vous en prie.

— Alors je vous souhaite une bonne journée. Et encore merci.

— Je vous en prie !

— Au rev…

Mais il fallait à tout prix qu'il la revoie. Alors une idée lui vint à l'esprit.

— Attendez, Abby !

— Oui ?

— Vous êtes libre samedi soir ?

— Samedi soir ? Euh… oui. Pourquoi ?

— Je fête mon anniversaire. Ça vous dirait de venir ? Je vous promets que mes gardes du corps ne vous empêcheront pas d'entrer cette fois-ci, dit-il amusé.

— Euh… Je ne sais pas si c'est une bonne idée. Je…

— S'il vous plaît, dites oui.

Je devins tout à coup rouge comme une pivoine. Heureusement qu'il n'était pas là pour me voir derrière le téléphone. Je ne savais plus où me mettre.

— C'est d'accord, dis-je, gênée.

— Super ! Alors à samedi.

En raccrochant, je crus que j'étais sur le point de faire un arrêt cardiaque. Je fus tellement transportée de joie que je m'imaginai déjà à cette soirée. Je pensai à toutes les personnalités qui pourraient s'y trouver, la composition du buffet, le décor… etc.

Mais j'étais aussi confrontée à un nouveau dilemme. Quelle tenue pourrais-je bien porter ? Et quel cadeau lui offrir ?

Chapitre 6

J'arrivai dans le quartier voisin et je rejoignis l'endroit où j'avais l'habitude de faire mes courses.

Ce n'était pas un magasin ordinaire. C'était une association, celle tenue par Maddie et son époux Luis. Grâce à eux, les gens comme nous pouvaient garder un peu de dignité.

En plus de distribuer des repas, des produits alimentaires et de première nécessité, cet endroit était un véritable refuge pour les plus démunis. Les propriétaires accompagnaient les personnes en difficulté, ceux qui ne savaient pas lire ou écrire. Ils vous aidaient à trouver du travail, un logement. Ils aidaient les personnes à retrouver confiance en elles et à aller de l'avant.

Je franchis la porte et fus accueillie par Maddie. C'était un peu une maman pour nous tous.

Une belle femme métisse, très élancée avec des vanilles dans les cheveux. Elle était vêtue très simplement. Cette femme était d'une gentillesse incroyable.

Elle-même n'avait pas la vie facile, pourtant, elle gardait toujours le sourire. Elle était toujours de bonne humeur, même si c'était dur.

— Bonjour ma chérie ! me dit-elle avec enthousiasme.

— Bonjour Maddie.

— On a reçu quelques extras cette semaine. Je t'en ai mis de côté.

— C'est gentil, merci Maddie.

— Et comment va ta mère ?

— Ça va…

— Tu sais que tu peux venir me voir plus souvent ? Si tu as besoin de parler, je suis là.

Cette femme était un amour ! Elle était aussi notre confidente à tous. Alors j'en profitai pour lui demander son avis.

— Justement Maddie. Si je suis là c'est parce que j'ai besoin d'un conseil.

— Et en quoi puis-je t'aider ?

— Hum… C'est compliqué en fait.

— Compliqué ?

— Je…

— Allez…

— Je suis invitée à un anniversaire et je n'ai pas d'idée de cadeau.

— Ah ! Je vois. Et est-ce que tu es proche de cette personne ?

— Pas vraiment. Mais j'espère qu'un jour…

— Un homme ? Une femme ?

— Un homme.

— Ah ! Intéressant, fit-elle, amusée.

Je me mis à rire.

— Maddie, ce n'est pas ce que vous croyez… Je l'ai rencontré à l'hôtel et depuis nous avons sympathisé. Mais il n'y a rien de plus entre nous. Et puis je ne suis pas son genre, vous savez.

— Ça tu n'en sais rien, ma fille !

— Pas faux… lançai-je avec un petit sourire déguisé.

— Et tu voudrais lui offrir quel genre de cadeau ? Parce que si tu ne connais pas ses goûts, ça va être un vrai casse-tête.

— Je voudrais déjà trouver quelque chose dans mes moyens.

— C'est sûr. Je comprends. Alors fais-lui un gâteau.

— Un gâteau ?

— Tu aimes faire de la pâtisserie. Quand tu as le temps, c'est toi qui confectionnes les gâteaux de l'association depuis qu'on se connaît. Tout le monde aime tes gâteaux ! Et ce n'est pas Tyler qui dira le contraire, dit-elle en rigolant.

Sa remarque me fit sourire également.

— C'est vrai, mais je ne vais pas lui offrir un gâteau. Je ne pense pas que ça lui plaira.

— Très bien, alors, un dessin ? Tu as un talent incroyable. Je suis certaine qu'il apprécierait.

— J'aime bien l'idée, mais je ne vais pas lui offrir un simple bout de papier.

— Ça ne sera pas un simple bout de papier, car c'est toi qui l'as fait. Tu es une jeune femme brillante et talentueuse. Ne doute jamais de ça. Je suis certaine qu'il saura reconnaître ton talent.

— J'espère que vous dites vrai… Mais je voudrais vraiment que ça soit joli. Vous savez, c'est vraiment quelqu'un de spécial.

— Ça, je n'en doute pas, répondit-elle avec ce grand sourire. Fais-moi confiance. Ça sera parfait ! Et ce n'est pas ce bon vieux Jo qui dira le contraire, dit-elle en me montrant le dessin encadré au mur que j'avais réalisé il y a quelques années. Crois-moi, il ne passe jamais inaperçu.

Jo Caswell était le fondateur de ce centre. À son décès, Maddie et son mari prirent sa relève. J'avais voulu lui rendre hommage, car selon elle, cet homme était un ange tombé du ciel.

— Tu t'occupes du dessin et moi, je me charge du matériel pour confectionner le cadre.

— Génial !

— Maintenant, si tu n'as rien à faire, attends-moi. Je vais chercher de quoi dessiner.

— Je ne bouge pas !

Elle ne perdit pas une minute et partit dans l'atelier dédié aux loisirs créatifs où elle emprunta des feuilles, des ciseaux, des crayons et tout le nécessaire.

Elle revint quelques minutes plus tard les bras chargés de matériel qu'elle déposa sur la table.

— Voilà. Et maintenant, au travail !

Nous nous mîmes à la tâche.

Pendant que je me lançais dans ce fameux dessin, Maddie préparait le matériel pour fabriquer le cadre. Elle était aussi plutôt douée pour les arts plastiques alors, j'étais déjà certaine que ce cadeau serait superbe.

Je l'observai quelques secondes. J'étais si touchée qu'elle me donne un coup de main.

— Maddie ?

— Oui ?

— Merci pour votre aide.

— Mais de rien. Tu sais que tu peux compter sur moi.

— Oui. Heureusement que vous êtes là.

En fin d'après-midi, je fus de retour à la maison. Et grâce à Maddie, j'avais enfin trouvé le cadeau de Tom.

Je n'attendais plus que le jour J. Je comptais chaque heure, chaque minute, chaque seconde. Il me tardait tant de le revoir.

À l'approche de son anniversaire, Thomas ne put s'empêcher de penser à son père qui les avait quittés lorsqu'il avait vingt ans.

Les deux hommes étaient si proches que, des années plus tard, il n'arrivait toujours pas à faire son deuil.

Il était son confident, son conseiller, l'homme de sa vie, mais la maladie avait fini par l'emporter.

Il était tard, Thomas avait préféré rester à son appartement. Il ouvrit une bouteille de scotch et s'assit dans son fauteuil. Comme chaque année, son cœur était en peine et il préférait se morfondre seul. Perdu dans ses pensées, il avait descendu la bouteille entièrement et se mit à pleurer avant de sombrer.

Le lendemain, il se rendit au cimetière pour se recueillir sur la tombe de son défunt père et y déposer le bouquet de fleurs qu'il avait achetées plus tôt. Comme à chaque fois, il se confia à son père et se lança dans un petit monologue.

— Salut papa ! Je suis désolé de ne pas pouvoir venir plus souvent, mais je suis très occupé.

Le vent se mit à souffler. Il vit cela comme un signe. Comme si son père était en train de lui répondre.

Il baissa les yeux vers le sol et esquissa un sourire avant de relever la tête.

— OK… En réalité, j'ai rencontré quelqu'un. Elle s'appelle Abigaëlle, je suis sûr qu'elle te plairait. D'ailleurs, tu serais bien le seul…

Thomas n'avait pas encore osé révéler sa relation à sa mère et à sa sœur, car il connaissait d'avance leur réaction. Elles n'auraient certainement pas apprécié que celui-ci sorte avec une « pauvre » femme de ménage. Cela ternirait leur réputation et déshonorerait inéluctablement leur famille. C'était impensable.

Sa mère et sa sœur regrettaient son ex-petite amie Ambre et ne se gênaient pas pour le faire remarquer à Tom. Mais dans un sens, il savait très bien pourquoi elles l'appréciaient tant. Et il ne pouvait s'empêcher de penser que sa mère et sa sœur étaient tout aussi superficielles et matérialistes qu'Ambre. Ce qu'il détestait profondément.

Son père n'était pas ce genre de personnes. Il était tout aussi simple et humble que lui. Il n'aurait jamais repoussé Abby et l'aurait accepté dans sa famille, malgré leurs différences, car seul le bonheur de son fils comptait et rien d'autre.

Thomas appréhendait déjà le moment où il devrait aborder le sujet avec elles. Pour cela, il préférait attendre le soir de Noël. Il avait en tête de passer les fêtes avec sa famille.

En tant que « bonnes chrétiennes », il se dit peut-être que la magie de Noël apaiserait la conversation si cela venait à dégénérer…

Il passa encore un peu de temps auprès de son père et lui donna même des nouvelles sur son métier d'acteur. Après quoi, il rentra à l'appartement.

♡

Je m'inspectai une dernière fois à travers la psyché.

Coiffée d'une demi-queue de cheval, maquillée dans des tons très pâles et parée de bijoux fantaisie très discrets, j'étais vêtue d'une robe rose clair très moulante – une antiquité que j'avais encore dégotée dans mon placard – et de chaussures roses à talons aiguilles.

Pour terminer, je saisis ma pochette dorée et enfilai mon long manteau rose poudré, sans oublier le cadeau de Tom.

Quelques minutes plus tard, je partais en direction d'un des quartiers huppés de la ville. C'est là que l'anniversaire de Tom se déroulait.

Je m'arrêtai devant la décoration extérieure de cette splendide salle de réception. Tout était illuminé.

Là, je commençai à prier pour ne pas me faire recaler. J'eus l'impression d'être devant l'une de ces boîtes de nuit où j'allais avec mes amies autrefois.

Plus loin, deux hommes en costumes noirs gardaient l'entrée. L'un d'eux tenait plusieurs feuilles pour vérifier la liste. L'autre fouillait les invités avant de les laisser entrer. D'autres hommes se tenaient là pour sécuriser la porte. Une véritable forteresse, cet endroit.

Je me dirigeai lentement vers l'entrée et patientai sagement en attendant mon tour.

Une bonne vingtaine de minutes plus tard, j'annonçais mon nom à l'entrée. L'homme vérifia mon identité et après un petit contrôle de routine, me laissa entrer. J'eus tout à coup un immense soulagement.

Mais une fois dans le couloir, je ne savais pas où me diriger alors je suivi le groupe de personnes qui étaient devant moi.

Nous déposâmes nos affaires dans une sorte de vestiaire. Je laissai tout, même le cadeau de Tom car je voulais lui remettre en main propre plus tard dans la soirée.

Puis nous finîmes par arriver dans la salle de réception.

Là, je restai figée. J'examinai du sol au plafond ce lieu magnifique.

La dernière fois que j'avais vu une salle aussi bien décorée c'était au mariage d'un riche homme d'affaires venu au Rosebury Plaza Hôtel spécialement pour l'occasion.

Ici, la décoration était tout aussi travaillée : des tentures blanches qui surplombaient la salle, des chaises transparentes style baroque, des compositions florales plus belles les unes que les autres, des illuminations grandioses, une décoration de tables digne des plus grands buffets, des cascades de ballons, un immense bar à bonbons, un atelier photo pour capturer d'inoubliables souvenirs…

Mais ce qui attira davantage mon attention fut le plafond. On aurait dit qu'il était étoilé. Ce spectacle grandiose plongeait la salle dans une atmosphère des plus féérique.

J'étais totalement sous le charme. Je continuai de détailler scrupuleusement la pièce quand j'entendis une voix derrière moi.

— J'ai l'impression que la décoration est à votre goût…

Je me retournai immédiatement.

— Oh ! Bonsoir Tom, disais-je, surprise.

— Bonsoir Abby.

— C'est vraiment splendide !

— Si ça vous plaît alors je suis content. Et je suis aussi content que vous soyez venue.

— Je suis ravie d'être là. Merci de m'avoir invitée.

— Un peu de champagne ? nous proposa un serveur.

Il avait bien dit du champagne ? Cela faisait une éternité que je n'en avais pas bu. Je devais bien avouer que j'étais assez ravie tout à coup.

— Avec plaisir ! répondit Tom.

— Oh merci, lançai-je avec enthousiasme.

C'était étrange, mais dès mon arrivée, j'avais eu l'impression qu'il ne voulait pas me quitter. Pourtant tout le monde venait le saluer, mais il préférait rester à mes côtés.

Pendant notre discussion, je fus parfois sous le choc à la vue de toutes ces stars présentes à cette soirée. Tom s'en amusa même. Il y avait du très beau monde : des acteurs, des chanteurs et bien d'autres personnalités du show-biz.

Pour certains, j'avais déjà eu l'occasion de les rencontrer ou de nettoyer leur chambre à l'hôtel.

Mais là, je n'étais pas ici en tant que femme de ménage. J'étais une invitée comme les autres. Je ressentis pourtant très vite le syndrome de l'imposteur. Ce qui était en train de m'arriver était insensé. Je me faisais passer pour quelqu'un que je n'étais pas et je détestais ça.

Et alors que j'étais en pleine conversation avec lui, une actrice que j'aimais particulièrement vint nous aborder. Elle me salua et discuta avec moi sans aucune prétention. J'eus du mal à l'expliquer, mais j'étais très mal à l'aise.

La soirée se déroula merveilleusement bien. Des artistes donnèrent parfois quelques représentations.

Et étant donné que je ne connaissais personne ici à part quelques stars, il s'amusa à me présenter ses invités avec une pointe d'humour et d'ironie.

Il se plaça derrière moi et murmura à mon oreille.

— Voici *Cameron Spitz*, les jambes les plus rapides de tout ce pays !

— Ah ! Je ne l'avais pas reconnu.

— Ici, c'est *Antoine Saint-Laurent*. Je devrais sûrement lui prêter mon tailleur, car il porte toujours des costumes beaucoup trop grands pour lui. Mais rassurez-vous, je l'adore quand même.

— Haha !! Vous êtes très drôle.

— Je ne vous présente plus la sulfureuse *Crystalle Ventura*. Vous avez suffisamment entendu parler d'elle dans la presse et de cette polémique ridicule autour de ses ébats amoureux avec cet homme de trente ans moins qu'elle… dit-il d'un air navré. Personnellement, je ne vois pas où est le problème, mais la presse a parfois la critique facile…

— Ridicule ! Je suis bien d'accord avec vous.

Là, il fit un immense sourire lorsque son regard se posa sur l'homme qui s'approcha de nous.

Il se replaça à côté de moi.

— Abigaëlle, je vous présente Grant, mon meilleur ami.

— Oh… Enchantée.

L'homme me salua. Il avait, lui aussi, une telle prestance.

Ça devait être lui qui avait appelé Tom lors de notre rendez-vous au café du lac.

— De même. J'ai tellement entendu parler de vous, fit-il en lançant un petit regard malicieux à Tom.

— Ah… disais-je, étonnée.

Il but une coupe de champagne à nos côtés, puis se lança dans une conversation avec Tom. Je les écoutai, mais ils firent allusion à des personnes qui m'étaient inconnues.

Je finis par les laisser discuter un peu tous les deux et rejoignis le buffet.

Un homme vint me faire la conversation. Il se présenta comme étant mannequin pour une grande agence. Il était très plaisant, mais notre conversation ne dura pas car Tom surgit de nulle part et l'évinça avec une grande subtilité.

C'était étrange, mais j'eus l'impression qu'il était… jaloux ?

La musique reprit. Certains invités rejoignirent la piste de danse. Je les regardai faire.

Tom les observa également, puis tout à coup, se tourna vers moi.

— Vous voulez danser ?

— Euh… Tom, je ne suis pas très bonne danseuse.

— Permettez-moi d'en juger. J'insiste. Accordez-moi cette danse.

— Très bien. À vos risques et périls… lançai-je, amusée.

Il se mit à rire.

Il saisit ma main et me conduisit vers la piste en me tenant par la taille. Nous nous rapprochâmes. Il m'observa droit dans les yeux. J'étais extrêmement gênée. Il me susurra quelques douceurs à l'oreille et sembla vraiment ravi par ma présence.

Je jetai un œil au plafond illuminé. J'eus l'impression d'être comme *Cendrillon* dans les bras de son prince charmant au bal.

Chacune des illuminations au-dessus de nos têtes scintillait telles des petites étoiles. À cet instant, j'oubliai tout, le temps d'une danse.

J'étais totalement conquise et si bien blottie contre lui que le temps sembla s'être arrêté. Nous ne formions plus qu'un.

Mais très vite, je ressentis les regards braqués sur nous. Et je commençai déjà à appréhender le pire. Je me voyais déjà faisant les gros titres des journaux :

« Une femme de ménage dans les bras de Tom Prescott pour sa soirée d'anniversaire »

ou encore

« Mais qui était donc cette femme à la petite robe rose ? »

Ça aurait pu faire un sacré titre de une de magazine !

OK ! Stop Abby ! Ce n'était pas le moment de penser à tout ça.

Ce qui comptait c'est que j'étais dans les bras d'un des plus grands acteurs du moment. Que nous étions en train de danser ensemble et que je devais surtout savourer l'instant présent, car une telle chose ne se reproduirait sûrement pas.

— Pour l'instant, vous ne m'avez pas écrasé les pieds. Il semblerait que vous ne soyez pas si mauvaise danseuse.

— Faites gaffe, ça ne saurait tarder.

Il esquissa un sourire et se rapprocha un peu plus tout en continuant de me parler. J'étais si mal à l'aise tout à coup, mais heureusement, la musique s'arrêta.

— Merci pour cette danse. J'espère qu'il y en aura d'autres.

— …

Je ne sus plus quoi dire, alors je souris niaisement.

Nous quittâmes la piste pour nous rapprocher de la fontaine à champagne. Après cet instant, blottie contre Tom, une coupe de plus aurait été un grand remontant.

En milieu de soirée, Tom s'éloigna quelques instants avec une dame âgée qui était venue le chercher. Elle ne prit même pas la peine de me saluer. J'étais transparente.

Je détournai le regard et observai un instant tous les convives. Tous beaux et bien vêtus, alors que moi, j'avais l'impression d'être un véritable fantôme. J'avais l'impression que personne ne faisait attention à moi.

La plupart de ces gens se connaissaient. Ils riaient ensemble, discutaient, s'amusaient. Et moi, j'étais seule.

Mon regard se posa alors sur l'immense table remplie de cadeaux.

Des invités étaient en train de déposer leurs paquets au même moment. Si j'avais su, j'aurais déposé le mien également.

Sur certains emballages, je pouvais apercevoir des marques de vêtements et de bijoux très chics.

Je ne revis pas Tom pendant un moment car il était constamment sollicité par ses invités. À vrai dire, j'étais venue pour lui et je m'ennuyai sans lui. Je commençai presque à regretter d'être venue. Alors je passai ma soirée dehors sur le balcon à consulter mon téléphone en espérant qu'il me rejoigne. En vain…

Vers minuit, la musique reprit de plus belle. C'était le moment tant attendu.

Des serveurs firent leur entrée en portant un gâteau d'anniversaire sur neuf étages avec des fontaines.

Je rejoignis l'intérieur.

Tom fit un petit discours toujours avec cette touche d'humour dont il savait faire preuve. Puis il ouvrit ses cadeaux. Parmi eux, je pus apercevoir une montre en or, des vêtements et accessoires de marque, des bouteilles de vin de très grands crus, des objets et œuvres d'art très prisés… etc.

Tom sembla ravi et remercia chaleureusement chacun de ses invités.

Tout bien réfléchi, j'avais bien fait de laisser son cadeau au vestiaire, car s'il l'avait déballé devant tout le monde, face à tous ces somptueux présents, j'aurais eu la honte de ma vie.

Une fois qu'il eut fini de déballer les cadeaux, les serveurs prirent soin de servir le gâteau et le champagne.

Tom repartit avec ses invités.

La fête reprit de plus belle, mais il était temps pour moi de rentrer. J'étais si déçue de ne pas avoir passé la soirée avec lui que je préférais le laisser s'amuser et m'éclipser discrètement.

D'autant plus qu'à cette heure, j'avais tout juste le temps d'attraper le dernier métro pour ne pas arriver trop tard à la maison.

Tom était en train de discuter avec un groupe de personnes un peu plus loin. Il avait l'air occupé. Je ne voulais pas le déranger. Alors, avec la plus grande discrétion, je pris la direction de la sortie. Je pressai le pas pour ne pas qu'il me repère.

Mais avant, je passai récupérer mes affaires aux vestiaires.

J'enfilai mon manteau quand soudain cette voix que je ne connaissais que trop bien retentit derrière moi.

— Vous partez déjà ?

Je sursautai. Impossible ! M'avait-il suivie ?

— Euh… Oui…

— Sans me dire au revoir ?

— Toutes mes excuses. J'ai vu que vous étiez en pleine conversation.

Je fermai les boutons de mon manteau et saisis ma pochette puis le sac cadeau. Mais Tom en profita. Son regard se posa à ce moment sur le présent.

— Est-ce que c'est pour moi ?

Mal à l'aise, je jetai un œil sur le sac. Oh non pitié ! Tout, mais pas ça.

— Oui ! Enfin, je veux dire, non ! Enfin…

— Je suis très touché. Mais vous n'alliez tout de même pas repartir avec ?

— Pour être honnête, si !

— Et pour quelle raison ?

— Je pense que ça ne va pas vous plaire. Je préfère le garder.

— Donnez-le-moi, dit-il en souriant.

J'hésitai quelques secondes. Puis je m'exécutais, mais j'étais mal.

Il ouvrit le sac, saisit le paquet et l'ouvrit.

C'était un petit tableau fabriqué avec des matériaux de récupération. Maddie avait vraiment bien travaillé car le cadre était superbe.

Il fixa le dessin quelques secondes et écarquilla les yeux. Il semblait extrêmement surpris.

Il se mit à rire.

— Waouh !

— …

Je ne sus plus quoi penser.

— C'est très ressemblant. Je suis bluffé. C'est vous qui l'avez fait ?

— Oui.

— Vous m'aviez caché vos talents de dessinatrice.

— Peut-être parce que je n'en parle jamais.

Il sourit.

— Alors laissez-moi vous avouer une chose…

— Quoi donc ?

— C'est le plus beau cadeau que j'ai reçu ce soir.

Sa déclaration me fit sourire.

— Vous dites ça pour me faire plaisir. Ce n'est rien comparé à tout ce que j'ai vu sur cette table.

— Peut-être pour vous ! Mais celui-là a une valeur spéciale à mes yeux.

Visiblement, il avait apprécié son portrait. Pourtant ce n'était rien de plus qu'un simple dessin collé sur un support.

Il me raccompagna jusqu'à la sortie. Il souhaita me ramener chez moi, mais je refusai comme d'habitude.

Arrivée aux Atlas, mon regard se posa sur le parc. Il était déjà très tard. Les garçons étaient là, autour d'un banc. Et parmi eux, j'aperçus Tyler. L'un d'eux lui tendit un pétard qu'il déclina. Et heureusement pour lui !

Je ne comprenais pas pourquoi le gosse s'entêtait à fréquenter les « voyous » du quartier. Il était si jeune. Il n'avait rien à faire dehors à cette heure très tardive. Pourquoi sa mère acceptait cela ?

Je pris la direction de mon bâtiment. Et comme très souvent, l'entrée empestait cette odeur caractéristique de marijuana.

Une fois dans mon lit, je repensai à cette belle soirée en compagnie de Tom. Mais après avoir vu Tyler dans ce parc, j'étais tout aussi inquiète. Et je n'arrivai pas à fermer l'œil.

Il fallait que je parle au gosse. Il était devenu comme un petit frère. Je devais l'écarter du chemin qu'il tentait de prendre.

Chapitre 7

Le lendemain, je tentai de raisonner le gamin coûte que coûte.

J'attendis la sortie des cours et décidai de le rejoindre devant son lycée.

Lorsqu'il quitta ses amis, j'en profitai pour le rejoindre.

— Tyler !

— Bee ? Qu'est-ce que tu fais là ?

— Il faut qu'on parle.

— De ?

— De toi.

Je saisis dans la poche de ma veste une barre chocolatée. Il en raffolait.

— Tiens, c'est l'heure du goûter.

— Oh cool ! Ça tombe bien, j'avais la dalle !

— T'as toujours faim de toute façon, disais-je, amusée.

Tyler n'avait pas les moyens de payer son transport. Alors, comme chaque jour, il mettait une petite demi-heure à venir en cours et à rentrer chez lui. Nous fîmes le chemin ensemble.

Mais avant de rentrer, nous fîmes un petit détour par le square du quartier.

Il s'assit sur le dossier du banc, les pieds sur l'assise, et ouvrit sa confiserie. Je pris place à ses côtés.

— Alors tu voulais parler de quoi ? demanda-t-il la bouche pleine.

— Ty… je t'ai vu hier soir.

— Hein ?

— Je t'ai vu dans le parc. Pourquoi tu traînais avec ces gars ?

— Bah ce sont mes amis !

— Tes amis ? Vraiment ?

— Bah ouais !

— Ty, putain ! Tu as seize ans. Ils en ont bientôt trente ! Ils passent leur temps à fumer, boire, faire les cons sur leurs scooters, vendre de la drogue. Enfin, ce n'est pas une critique. Chacun est libre de faire ce qu'il veut, mais tu crois franchement que c'est de ce genre de fréquentations dont tu as besoin ?

Il se leva et se positionna devant moi. Il n'eut pas l'air ravi.

— Voilà. Tu fais comme les autres. Pourquoi tu les critiques ? Ils sont bien. Ils essayent de se sortir de la galère. On n'est pas né avec une cuillère en argent ici ! Ce sont de bons gars malgré ce que tu penses.

— Ça je n'en doute pas ! Et je n'ai jamais dit le contraire. La preuve, Daryl et moi, nous sommes devenus amis. Et il est celui en qui j'ai le plus confiance ici. Ce n'est pas eux le problème, c'est ce qu'ils font !

— Alors, pourquoi tu juges ?

Je me levai à mon tour. Je ne pus garder cela pour moi plus longtemps.

— Parce que je ne veux pas qu'ils t'embarquent dans leur business. Tu es beaucoup trop jeune pour ça. Tous les jours on entend qu'un jeune est mort ou qu'il a fait une overdose. J'ai peur que tu sois le prochain. J'ai peur pour toi, tu comprends ? Je veux que tu prennes conscience de tout ça. Travaille à l'école, passe tes diplômes, trouve un travail et sort de cette galère. Ne fais pas comme moi !

Mes yeux se mirent à larmoyer.

Le gosse s'approcha de moi pour me réconforter.

— Hey, Bee ! Je te promets que ça n'arrivera pas. Je suis prudent. Je vais tout faire pour pas devenir comme maman. Je veux m'en sortir, tu sais. Un jour, je passerai pro et je quitterai cet endroit. J'te le jure !

— J'espère que tu dis vrai.

Pour être tout à fait honnête, j'avais le sentiment que mes paroles ne l'avaient pas plus touché que ça. Et même si je le sentais sincère, je savais bien qu'il ne m'aurait pas écoutée.

En y repensant, j'étais un peu comme lui à son âge. Alors je n'avais plus qu'à espérer qu'il apprenne de ses erreurs.

À chaque fois qu'on me mettait en garde sur quelque chose, je n'en faisais qu'à ma tête.

Évidemment, après je finissais toujours par le regretter. Et, bien trop souvent, je me suis entendue dire le fameux : « *Si j'avais écouté…* ». Mais il était trop tard pour faire machine arrière.

♡

En attendant, les jours suivants, Tom et moi nous donnions régulièrement rendez-vous et apprenions à nous connaître.

J'avais l'impression qu'il aimait passer du temps avec moi. Il m'appelait pratiquement tous les jours et lorsqu'il avait du temps libre, il faisait tout pour le passer en ma compagnie. Cela ne me déplaisait guère car au fil des jours et des mois, nous avions tissé des liens si bien qu'il me confiait des choses sur sa vie et moi, sur la mienne. Mais évidemment, je ne rentrais jamais dans les détails.

Nous étions devenus amis et presque inséparables.

Un jour, nous nous étions donné rendez-vous au *parc de la Nymphe* situé non loin du lac. Tom avait l'habitude d'y aller pour faire son jogging incognito.

83

Comme d'habitude, il y avait beaucoup de monde, mais heureusement pour moi, personne ne l'avait encore reconnu. Peut-être que les lunettes de soleil aidaient un peu ?

Nous marchions depuis plusieurs minutes sans destination précise — une simple promenade, rien de plus — lorsque nous croisâmes un marchand de roses à la sauvette.

Entre les marchands de fleurs et les vendeurs de souvenirs qui travaillaient illégalement dans ce parc, nous étions servis.

L'homme s'approcha et s'adressa à Tom avec un fort accent. À première vue, il ne maîtrisait pas bien notre langue et le tutoyais.

— Une rose pour ta femme ? dit-il.

Là, mon visage se figea immédiatement. Le fou me mettait dans une situation très embarrassante ! Je tentai de rectifier le tir alors que Tom semblait très amusé par ce qu'il venait de dire.

— Je ne suis pas sa…

— Donnez-moi en une, s'il vous plaît, fit-il, un sourire aux lèvres.

Il donna un billet à l'homme qui le remercia gracieusement. Et dire que cette rose valait bien moins que ça…

Et ensuite, il nous laissa seuls.

Tom me tendit la fleur. Je la pris et sentis son parfum.

— Vous n'étiez pas obligé de faire ça.

— Une de plus ou de moins… À moins que vous n'aimiez pas les roses ?

— Si si, j'adore ! C'est juste que je ne voudrais pas abuser. Je ne suis pas une profiteuse, vous savez.

— Enlevez-vous ça de la tête. Je ne penserai jamais ça de vous.

Nous poursuivîmes notre promenade dans le parc. Il faisait un temps splendide. Pour un mois de janvier, je trouvais même qu'il ne faisait pas aussi froid que d'habitude.

Nous finîmes par nous installer sur un banc.

Soudain, une question me vint à l'esprit. J'en profitai alors pour en savoir un peu plus.

— Vous offrez souvent des roses à vos amies ? dis-je sur le ton de la plaisanterie.

Ce qui l'amusa certainement.

— Pas vraiment, non.

— D'accord, alors je suppose que vous m'offrez cette rose en toute amitié, n'est-ce pas ?

Son visage devint presque rouge. On dirait que j'avais soulevé un lièvre.

— C'est exact !

Je décidai d'aller un peu plus loin. Il fallait que j'en aie le cœur net. Je rentrai dans le vif du sujet.

— En même temps, ça n'aurait pas pu être le contraire, je lançai amusée.

— Pourquoi dites-vous ça ?

— Je crois connaître votre genre de femme…

— Ah oui ?

— Je sais que vous aimez les blondes !

— Vraiment ?

— Oui, certaine ! J'ai suivi votre relation avec l'actrice *Serena Calma*. Et puis avec *Ruby Nova*, la chanteuse. Je sais aussi que vous étiez célibataire pendant presque un an.

— Mais comment vous savez tout ça ?

— Je vous l'ai dit la première fois que nous nous sommes rencontrés. Vous êtes mon acteur préféré. Je connais beaucoup de choses sur vous.

— C'est vrai…

— N'ayez pas peur, mais quand j'étais plus jeune, j'étais comme tous ces gens qui vous ont poursuivi à l'hôtel. J'aurais tout fait pour vous rencontrer. J'étais une véritable groupie ! rajoutai-je, en rigolant.

— Alors le hasard fait bien les choses.

— C'est vrai ! Et je sais aussi que vous avez rencontré cette mannequin. Je ne me rappelle plus de son nom.

— Ambre…

Son visage changea d'expression. Il fixa l'horizon.

— C'est ça ! D'ailleurs, vous êtes vraiment sorti avec la sportive *Merill Storm*, juste avant elle ? Parce que la presse n'a pas arrêté de parler de votre relation pendant tout l'été.

— …

Je sentis bien que je l'embarrassais.

— Désolée, je suis maladroite. Je n'aurais pas dû vous embêter avec tout ça. Excusez-moi, c'est votre vie privée.

— Ne vous excusez pas. Ce n'est pas un secret. Si vous voulez tout savoir, il n'y a jamais rien eu avec Merill ! Et j'ai rompu avec Ambre juste avant notre rencontre…

— Oh ! Pardon. Je ne savais pas. Je suis désolée.

— Ne le soyez pas ! En réalité, ça n'aurait jamais fonctionné entre nous.

— Pourquoi est-ce que vous dites ça ?

— Tout nous oppose. Que ce soit au niveau des goûts, des caractères, des envies, des passions. Nous sommes beaucoup trop différents.

— Pourtant, vous savez ce qu'on dit… « Les contraires s'attirent ».

— Pas cette fois, fit-il avec ce sourire déguisé.

— Écoutez, je vois bien que ça vous fait de la peine de parler de ça, alors, nous devrions changer de conversation.

— Non. Au contraire. Je crois même que cela me ferait du bien. Et quelque part, cela vous concerne.

— Comment ça ?

— Je n'ai pas pu revenir vers Ambre parce que je vous ai rencontré ce soir-là…

— Qu'est-ce que vous voulez dire ?

— Le soir où nous nous sommes rencontrés, j'ai pris conscience que ma relation avec elle n'était pas ce dont j'avais besoin.

— Je ne vois pas vraiment où vous voulez en venir. Quel est le rapport avec moi ?

Il me fixa dans les yeux.

— Avez-vous déjà eu le coup de foudre pour quelqu'un ?

— …

J'en restai bouche bée. Qu'avait-il dit ?

— Je veux dire, avez-vous déjà été attirée par quelqu'un sans que ce soit forcément de l'amour ou autre chose ? Juste une simple attirance.

— Non ! En vérité, je ne crois pas au coup de foudre. Alors encore moins au coup de foudre amical, vous savez.

— Et pourtant c'est ce que je ressens pour vous.

Là, je ne savais plus où me mettre. J'étais totalement gênée.

— …

— Ce que je veux dire c'est que j'ai tellement apprécié ce que vous avez fait pour moi sur le moment – dans cet hôtel – que j'ai réellement eu envie de vous connaître et de me rapprocher de vous. On se connaît depuis quelques mois seulement et pourtant j'ai tout de suite senti que vous étiez une belle personne. Et d'ailleurs, je ne me suis pas trompé à votre sujet. Vous êtes vraiment quelqu'un de bien. Je regrette de ne pas vous avoir connue plus tôt.

— Waouh…

Il se mit à rire.

— Je ne suis pas en train de vous faire une déclaration d'amour, rassurez-vous. Je veux juste que vous compreniez pourquoi je tenais tant à vous revoir.

— Je vois… Et merci de me dire tout ça.

En fait, ça n'était pas aussi clair que ça. Un coup de foudre amical ? Pour être honnête, je ne pensais même pas que cela pouvait exister.

— Vous savez, dans le milieu dans lequel je vis, tout n'est qu'illusion. Les gens vous admirent et vous fréquentent parce que vous êtes connu, parce que vous êtes influent. Mais en réalité, ils se fichent bien de vous et de ce que vous pouvez ressentir. Un milieu où seuls l'argent, le pouvoir et le paraître comptent…

— C'est dur de dire ça. Je ne pensais pas que vous ressentiez tout ça.

— Et pourtant c'est la vérité ! Les dessous de la célébrité… Je connais beaucoup de gens. Je fréquente un tas de monde, pourtant chaque jour, je me sens seul. Le nombre d'amis que j'ai, se résume à un ! Tous les autres ne sont que des gens intéressés. Je n'ai qu'un seul et véritable ami. Le seul que je pourrais appeler à deux heures du matin s'il le fallait. Le seul à qui je peux me confier. Le seul qui prend de mes nouvelles et me demande si je vais bien ou non. Et au niveau des relations amoureuses, c'est exactement la même chose…

— Pourquoi ça n'a pas marché avec Ambre ?

— Parce qu'elle est comme tous ces gens… Elle ne pense qu'à elle et sa personne. Tout tourne autour de l'argent, de sa célébrité et de son compte *Instagram* !

En entendant cela, c'était plus fort que moi, je pouffai de rire. Du coup, il se mit à rire également.

Le pauvre, pour me raconter tout ça, c'est qu'il devait en avoir gros sur le cœur.

— Je vois à peu près le genre de femme que c'est. Il y en a beaucoup à l'hôtel…

— Enfin voilà… Je suis désolé, je ne devrais pas vous confier tout ça, mais je ne savais pas à qui en parler à part Grant.

Après ce qu'il venait de me raconter, je décidai de le rassurer. Je voulais qu'il comprenne qu'il pouvait me faire confiance.

— Pas la peine de vous excuser. D'ailleurs, Tom, je veux que vous sachiez que je serai toujours là pour vous et que vous pouvez m'appeler moi aussi à deux heures du matin si vous en avez besoin *(il se mit à rire)*. Mais je pense aussi que vous devriez vous confier à quelqu'un, à un professionnel.

Il prit alors un air sérieux.

— Vous pensez que je suis fou ?

Là, j'eus l'impression d'avoir commis une énorme boulette. Pourquoi fallait-il toujours que je me mette dans ce genre de situation ?

— Euh… non. Pas du tout ! Je…

Il se mit à rire.

— Je vous embête.

À en croire l'expression de son visage, je pensai que je l'avais un peu froissé.

— Avec tout ce que vous venez de me confier, c'est juste que vous me faites penser à toutes ces stars qui tombent petit à petit dans la dépression ou qui finissent par mettre fin à leurs jours. Je ne voudrais pas que ça vous arrive.

— Rassurez-vous, je n'irai pas jusque-là.

— J'espère bien ! Parce que vous me feriez beaucoup de peine.

Il sembla ému.

— Merci de me dire tout ça. J'avais besoin de l'entendre. Et pour le psy, ce n'est pas une si mauvaise idée. J'y penserai !

Après ces confidences, je tentai de lui remonter le moral à ma manière.

— Je vous fais confiance. Bon et sinon, ce n'est pas que je n'aime pas cet endroit, mais si on bougeait ? Il commence à faire frais si vous voyez ce que je veux dire.

Il se mit à rire.

— Je suis d'accord. Il ne fait pas chaud, c'est vrai. Et où voulez-vous aller ?

Je voulais quitter ce parc, mais en même temps je ne voulais pas le quitter, lui. J'aimais sa compagnie.

Il y avait tellement de choses que j'aurais voulu faire à ses côtés, mais que je ne pouvais pas faire. Des choses banales comme : aller au cinéma, aller au restaurant ou dans un café, visiter tous ces endroits et tous ces autres loisirs qui m'étaient quasi-inaccessibles.

Alors, une idée me vint à l'esprit. Rien de bien extraordinaire, mais ce fut la seule solution que j'eus sur le moment pour lui changer les idées sans débourser le moindre centime.

— Euh… eh bien je ne sais pas. On pourrait aller chez vous !

— Chez moi ?

— Oui, on pourrait faire comme la dernière fois. Vous n'avez pas aimé la soirée film ?

— Si. C'était très bien. Ça me va.

Il se leva du banc.

— Cool ! lançai-je avec enthousiasme.

— Allons-y !

Il m'invitait souvent à passer du temps chez lui. Là-bas au moins on pouvait discuter tranquillement. On pouvait passer du temps ensemble sans subir la pression des regards curieux des passants qui pourraient le reconnaître à tout moment.

La première fois que je mis les pieds chez lui fut juste après son anniversaire. Il m'avait demandé de le rejoindre après une séance de dédicace dans un grand centre commercial.

Et les fois suivantes, Tom m'avait invitée à le rejoindre car il n'aimait pas être seul. Il ne cessait de me répéter que j'avais ce petit truc pour égayer ses journées.

Et je devais bien avouer que tous les moments que je passais à ses côtés étaient magiques et inoubliables.

Chapitre 8

Je passais tellement de temps avec Tom que j'en oubliais presque de passer du temps avec maman. Je ne voulais surtout pas qu'elle pense que je la délaisse. Elle était déjà bien assez solitaire.

Je décidai de lui consacrer mes prochains jours de repos.

À part Maddie, elle ne voyait personne. J'avais beau essayer de lui changer les idées, elle ne s'intéressait à rien. Elle ne voulait participer à aucune activité organisée par le centre. Et à chaque fois, je devais batailler pour la faire quitter l'appartement.

J'avais l'impression qu'elle se laissait dépérir, qu'elle attendait la fin. Et j'en étais malade.

Depuis que ma mère était seule, elle n'avait jamais refait sa vie. Elle se laissait aller complétement. Et la maladie n'arrangeait en rien les choses. Elle se dénigrait constamment et se sous-estimait. Je sentais bien qu'elle avait besoin d'aide, mais elle refusait catégoriquement d'être suivie. Elle était si bornée. Je ne savais pas comment la faire changer d'avis.

J'étais impuissante face à sa situation. Je voulais tellement l'aider, mais Maddie ne cessait de me répéter que j'en avais bien assez avec mes soucis. Je ne pouvais davantage gérer ceux de ma mère. Selon elle, j'en avais assez fait. Elle me répétait souvent que je devais penser à moi et à mon avenir.

Ma mère était tout ce qu'il me restait, alors je faisais tout ce qui était en mon pouvoir pour qu'elle reste assez longtemps près de moi.

Pendant ces jours à ses côtés, je réussis tout de même à la convaincre de passer du temps avec Maddie et les autres. Elle m'avait même appris à tricoter. Nous avions aussi pris le temps de faire de grandes balades.

Elle avait apprécié cette longue balade le long du canal. C'était pour nous l'occasion de nous retrouver un peu. Il fallait dire que je ne parlais pas beaucoup avec ma mère. Je ne lui confiais que très peu de choses.

Je poussais son fauteuil pendant qu'elle observait le paysage. J'avais l'impression que cette balade lui faisait le plus grand bien.

— Merci de passer un peu de temps avec moi, mais tu devrais être avec tes amis.

— Ah oui, lesquels ? répondis-je, amusée.

— Abby… depuis le temps qu'on habite ici, tu devrais essayer de te faire des amis.

— Maman, j'ai beaucoup de travail et puis j'aide à l'association. Je n'ai même pas beaucoup de temps pour toi. Quand est-ce que tu veux que je sorte ?

— Je sais que ton travail te prend beaucoup de temps. Mais quand tu as du temps libre, fais un effort s'il te plaît.

— Oui, maman.

— Et ton travail ? Comment ça se passe ?

— Ça va.

— Au son de ta voix, j'ai l'impression que c'est tout le contraire…

— Non, franchement ça va. C'est sûr que j'aurais aimé faire autre chose, mais est-ce que j'ai vraiment le choix ?

— Je le sais, ma fille. Tu as dû faire beaucoup de sacrifices.

— Maman, ça ne sert vraiment à rien de parler de tout ça. Ne t'en fais pas. Tout va mieux maintenant.

— Je l'ai bien remarqué. Je te vois plus joyeuse ces temps-ci. Et à quoi est dû ce changement ?

Je souris tout en pensant à lui.

— J'ai rencontré quelqu'un. Nous sommes amis, mais je l'apprécie. Il est carrément génial !

— Ah ! En voilà une bonne nouvelle. Et comment…

Au même moment, mon téléphone se mit à sonner. Quand on parlait du loup…

— Excuse-moi, maman, j'ai un appel.

— Oui. Bien sûr.

— Allo, Tom ?

— Bonjour, Abby. J'espère que je ne vous dérange pas ?

— Euh… Je suis avec ma mère.

— Ah ! Alors ce n'est pas grave, je vous rappellerai plus tard.

— Non, allez-y. Je vous écoute.

— Je voulais savoir si vous étiez libre ce soir ? Je voulais vous inviter à dîner.

— À dîner ? Ce soir ?

— Oui.

Il y eut un silence. Maman était à côté de moi, je ne voulais pas l'abandonner.

— Tom, je suis navrée, mais ça ne va pas être possible. Je…

Ma mère me donna aussitôt un coup de coude. Je me mis à crier : « Aïe ! ». Et elle me chuchota : « Vas-y ! Ne t'en fais pas pour moi ».

Je lui lançais un regard incompréhensif.

— Allo ? Abby ?

— Euh… c'est d'accord !

— Très bien. Je passerai vous chercher. Je vous dis à plus tard.

— À plus tard.

Je raccrochai. J'étais à la fois transportée de joie et très embarrassée.

Je ne compris pas le geste de ma mère.

— Alors ? fit-elle amusée.

— Alors quoi ? Et pourquoi tu as fait ça ? Je t'ai dit que je restais avec toi.

— Oui, mais ce garçon t'a invitée à dîner. Ça ne se refuse pas !

— Tu ne le connais même pas !

— Oh ! Je pense savoir de qui il s'agit. Ça doit être ce jeune homme dont tu me parlais à l'instant… C'est sûrement celui avec qui tu passes des heures au téléphone le soir ou avec qui tu passes ton temps libre. Vous avez l'air plutôt proches. C'est bien, mais il serait peut-être temps de passer une seconde avec lui, tu ne crois pas ?

— Pardon ? grimaçai-je.

— Ce n'est pas comme ça que je vais avoir des petits-enfants !

J'explosai de rire.

— Maman, ne dis pas n'importe quoi.

♡

Tom se mit en tête de m'inviter à dîner dans un restaurant somptueux de la ville. Beaucoup de mes clients de l'hôtel avaient l'habitude de s'y rendre. Une fois de plus, je fus tout de suite envahie par le syndrome de l'imposteur lorsque je mis les pieds là-bas. Ce n'était clairement pas ma place.

J'étais vêtue très simplement. Je portais *une petite robe noire*, des talons hauts, une pochette noire et dorée et une veste assortie au sac. Encore des antiquités qui traînaient dans mon placard. J'avais également un collier et un bracelet de perles fantaisie que ma mère m'avait prêtés, un soupçon de maquillage et les cheveux lâchés.

C'est elle-même qui s'était occupée de ma tenue. Elle voulait que je sois parfaite.

Je n'avais jamais vu ma mère aussi heureuse. Elle semblait si contente pour moi.

Elle pensait sûrement qu'il m'attendait devant chez nous. Je suis certaine que si elle avait pu se lever de son fauteuil pour m'observer par la fenêtre, elle l'aurait fait.

Il avait insisté pour venir me chercher, mais il était hors de question qu'il mette les pieds chez moi !

Il me demanda de lui transmettre mon adresse. Alors, après une petite préparation rapide, je filai dans les quartiers voisins et l'attendis devant la résidence où j'avais l'habitude de passer chaque jour.

Certes, j'avais menti, mais je me voyais mal lui donner l'adresse du quartier malfamé où j'habitais.

Il ne tarda pas. Son chauffeur arrêta la voiture. Tom descendit.

Il me salua et observa curieusement l'endroit quelques secondes. Je priai intérieurement pour qu'il ne se doute de rien.

Puis nous partîmes.

Une dizaine de minutes plus tard, la voiture s'arrêta devant le restaurant. Le portier ouvrit la porte de Tom. Son chauffeur descendit pour ouvrir la mienne.

J'examinai avec admiration la magnifique devanture de cet établissement très connu. Je n'arrivais pas à croire que j'allais dîner ici.

L'homme à l'accueil fit la causette à Tom, puis il nous souhaita une très belle soirée.

Une jeune femme nous conduisit à notre table. Je ne pus m'empêcher d'observer cet endroit. Tout était impeccable comme au Rosebury Plaza Hôtel.

Tom salua des connaissances au passage. Je sentis quelques regards se poser sur moi.

Nous prîmes place. Notre table était située à l'abri des curieux. Peut-être l'avait-il fait exprès ? Nous avions vraiment une place de choix. Ne m'en déplaise.

— Cet endroit est magnifique.

— Je me suis dit que ça vous ferait plaisir de venir ici.

— Je vous avoue que je n'ai pas l'habitude de fréquenter ce genre de restaurants. C'est une grande première, rajoutai-je, gênée.

— Alors profitez-en ! dit-il en souriant.

— …

Un homme nous apporta les cartes. Je n'osais même pas ouvrir la mienne. Mais ce qui me cloua sur place c'est lorsque Tom commanda le vin. La bouteille qu'il commanda avoisinait la modique somme de deux-mille-cinq-cents billets. Rien que ça ! Et ce n'était pas la plus chère visiblement…

Je pris mon temps pour lire la carte. Je n'avais pas l'habitude de toutes ces choses. Tom, lui, avait déjà reposé la sienne.

— On dirait que vous avez du mal à vous décider.

— Il y a trop de choix. Vraiment, je ne sais pas.

Il me conseilla et m'aida à y voir plus clair. Je préférai le laisser faire.

Pour commencer, il me proposa un cocktail dont je ne fus pas déçue.

C'était sûrement dû à l'alcool, mais dès le départ, je sentis qu'il m'observait curieusement. Ce n'était pas son regard habituel. Il avait un petit côté séducteur. Et à chaque fois qu'il ouvrait la bouche, il fallait qu'il ajoute quelque chose qui me fit virer au rouge pivoine. Je ne savais pas pourquoi il agissait de la sorte. Il avait peut-être en tête de me sortir le grand jeu précisément ce soir ?

Les plats firent leur arrivée. Il n'y avait rien à envier au Rosebury. Les assiettes étaient tout aussi splendides, mais j'étais forcée de constater que pour le prix exorbitant, les contenants étaient très peu remplis. La qualité semblait prioritaire sur la quantité…

Un autre serveur nous versa le vin. Puis ils s'éloignèrent tous les deux.

Le repas put enfin commencer.

Je devais bien avouer que ce que je mangeais était tout à fait succulent. Tom me fit goûter son plat qui était également à tomber.

Puis l'instant d'après, je portais le verre à mes lèvres. Je n'avais jamais bu un vin aussi goûteux. Je compris un peu mieux son prix.

La soirée se déroulait plutôt bien et lorsque le dessert arriva Tom me fit une annonce particulière.

— Abby, j'ai quelque chose pour vous.

— Pour moi ?

— Oui.

Il sortit une boîte rectangulaire de sa veste et la déposa près de mes couverts.

— Qu'est-ce que c'est ?

— Ouvrez.

— …

Je fis ce qu'il me demanda et ouvris le paquet. Mais en enlevant l'emballage, je restai de marbre. Je pouvais apercevoir le nom d'une célèbre marque. Et à l'intérieur, il y avait un superbe bracelet qui scintillait de mille feux. J'observai le bijou sans dire un mot.

— On dirait que ça ne vous plaît pas ?

Je ne m'attendais pas à un tel cadeau.

— Non. Enfin si. Enfin, c'est plutôt que ça me gêne énormément. Mais il est vraiment magnifique.

— Tant mieux. Je suis content qu'il vous plaise.

— Tom, il ne fallait pas. Mais c'est en quel honneur ?

— Juste comme ça.

— Tom, je suis désolée, mais je ne peux pas accepter. Je ne veux pas abuser de votre gentillesse.

Je refermai le coffret.

— Abby, vous n'abusez pas de moi. Je veux vraiment vous faire ce cadeau parce que je vous apprécie et que je suis heureux d'être ici avec vous. C'est sincère.

— Et vous faites souvent ce genre de cadeaux à vos amies ?

— Pas vraiment. Avec vous c'est différent.

— …

— Faites-moi plaisir, mettez-le.

J'ouvris à nouveau la boîte et jetai un œil sur le bijou.

Pourquoi fallait-il qu'il m'offre ce bracelet ? Me prenait-il pour l'une de ces filles matérialistes ?

— Tom… je ne sais pas si…

— Vous n'aimez peut-être pas les diamants ?

Je relevai la tête immédiatement.

— Des diamants ?

— Oui. Je pensais que ça vous ferait plaisir.

Le silence s'installa.

C'était bien la première fois que je voyais de vrais diamants de toute ma vie ! Et moi qui pensais que c'étaient de simples zirconiums. J'étais bien loin du compte.

C'en était de trop ! Je devais lui dire ma façon de penser.

— Tom, il faut que je sois honnête avec vous.

— Je vous écoute.

— Je n'ai pas l'habitude de tout ça. Ce restaurant, ce bracelet, sans parler de tout le reste… Je ne peux pas. Je ne sais pas ce que vous avez en tête, mais je ne suis pas ce genre de femmes. J'ai connu tout un tas d'hommes à l'hôtel qui achetaient des filles comme moi avec des vêtements, des bijoux, de l'argent… Je ne suis pas l'une d'elles. Tout ce que j'ai, j'ai travaillé durement pour l'obtenir. Alors je ne peux accepter. Ça serait contraire à tous mes principes. D'ailleurs, je ne comprends même pas où vous voulez en venir.

— C'est vraiment ce que vous pensez de moi ? Vous pensez que je suis l'un de ces hommes ?

— Je n'ai pas dit ça. Je…

— Abby, pourquoi vous posez-vous autant de questions ? Je vous l'accorde, vous avez raison sur un point… Je n'ai peut-être pas la valeur de l'argent, probablement parce que j'ai été élevé dans un milieu aisé, que je n'ai jamais manqué de rien et qu'avec le métier que je fais, je dépense sans compter. Peut-être que pour vous tout ceci fait partie d'un vaste plan pour tenter de vous amadouer, mais pour moi toutes ces choses sont sans importance ! Ce restaurant, ce bracelet de diamants… pour moi ce ne sont que des broutilles. Nous sommes amis à présent. Et les amis prennent soins les uns des autres. Alors laissez-moi prendre soin de vous.

L'émotion commençait à s'emparer de moi. Je dus me contenir pour ne pas pleurer. Jamais quelqu'un ne m'avait confié quelque chose de si beau. Jamais on ne m'avait fait ce genre de déclaration. Je ne sais pas s'il avait vraiment l'intention de me manipuler, mais après ce petit discours, il avait réussi à me toucher en plein cœur.

Comment aurais-je pu douter de lui après cela ? En tout cas, je ne le voulais plus.

— D'accord. Je vous fais confiance.

— Vous le pouvez. Jamais je ne vous trahirai.

Je laissai mes a priori de côté et je finis par enfiler son bracelet. Nous terminâmes ce repas dans la bonne humeur. Il fallait dire que Tom avait toujours le don pour détendre l'atmosphère.

Une fois le dîner terminé, nous prîmes la direction du quartier résidentiel où il était venu me chercher en début de soirée.

Pendant le trajet, nous débattîmes cinéma. Et je me rendis compte que nous avions les mêmes goûts sauf en termes de super-héros... Nous parlâmes évidemment de ces deux univers qui souvent divisaient cinématographiquement les fans. Il était fan de l'un d'eux, moi je préférais l'autre. De quoi alimenter une certaine divergence entre nous.

Une vingtaine de minutes plus tard, nous arrivâmes devant le bâtiment en question. Nous sortîmes de la voiture. Il me raccompagna devant la porte de la résidence. Je commençai à paniquer. Et s'il découvrait malencontreusement la supercherie ? Il ne m'aurait jamais pardonné. Et je pouvais d'ores et déjà lui dire adieu.

— Merci pour tout. J'ai passé une bonne soirée comme toujours. Oh ! Et encore merci pour ce cadeau.

— Ravi que cela vous ait plu. Je vais vous laisser tranquille pour ce soir. Bonne nuit, Abby.

J'esquissai un sourire.

— Bonne nuit, Tom.

Il fit demi-tour et remonta dans la voiture. Je fis semblant de me diriger vers le digicode.

Sa voiture démarra et s'éloigna. Je me retournai immédiatement et jetai discrètement un œil dans la rue. Il n'y avait pas un chat.

J'en profitai alors pour prendre la poudre d'escampette et rejoindre la bouche de métro par laquelle j'étais arrivée.

Chapítre 9

Pour l'instant, Tom ne se doutait de rien. Même s'il savait que j'étais femme de chambre, il ne savait pratiquement rien d'autre sur moi. C'était bien mieux comme ça.

Pourtant, je commençais à culpabiliser. Je me rendais bien compte que je jouais double jeu et j'avais horreur de ça. Cela ne me ressemblait pas, ce n'était pas moi.

Je savais très bien que tôt ou tard, la vérité risquerait de m'éclater en pleine face et j'en étais malade. J'avais si peur qu'il découvre toutes ces choses sur moi et mon fichu passé. J'avais si peur de le perdre.

Mais au lieu d'être honnête avec lui et de tout lui révéler, je préférai m'engouffrer sous cette montagne de mensonges, sûrement par fierté. Il fallait croire que ce sérieux complexe d'infériorité me bouffait l'existence et je me rendis compte que je n'arrivais pas à m'en défaire.

Les jours passèrent et je fis comme si de rien n'était. Je voulais juste être avec lui et profiter de chaque instant passé à ses côtés.

♡

Tom m'avait demandé de le rejoindre à son appartement pour passer l'après-midi avec lui.

Dès l'entrée de sa résidence, le portier me fit penser à Larry, celui de l'hôtel. Il me salua et me laissa pénétrer dans le bâtiment.

Au bout d'une petite demi-heure à discuter de tout et de rien, Tom me proposa un verre. Je le rejoignis au bar.

Il ouvrit la bouteille de gin quand la sonnette retentit.

Il fit une de ces têtes ! Visiblement, il ne voulait pas être dérangé.

— Toujours au bon moment… dit-il d'un air ironique.

Il redéposa calmement la bouteille, ce qui me fit éclater de rire.

— Allez-y, je vais nous servir.

Il s'exécuta.

À cet instant, Grant fit son entrée dans l'appartement telle une furie. Il ne prit même pas le temps de le saluer.

Il semblait si contrarié et concentré sur ce qu'il disait qu'il ne fit même pas attention à moi.

— On dirait bien que Garret a remis ça !

Il balança des documents sur la table basse.

— De quoi veux-tu parler ? lui demanda Tom.

— On aurait dû le dénoncer quand on en avait encore l'occasion… Si quelqu'un découvre ce qu'il a fait, ça va nous coûter cher cette histoire !

— Grant…

— On parle de détournement de fonds, là ! Je ne sais pas si tu t'en rends bien compte ?

— Grant, je ne suis pas seul.

— Comment ça, tu n'es pas seul ?

Tom lui fit un signe de la tête. Son regard se posa enfin sur moi.

— Bonjour ! lançai-je niaisement.

— Oh super ! Tu aurais pu me dire que tu n'étais pas seul.

— J'essaye depuis tout à l'heure, mais tu ne m'as pas laissé en placer une…

Il sembla très mal à l'aise.

— Génial !

Je tentai de détendre l'atmosphère.

— Je crois que vous avez besoin d'un petit remontant. J'étais en train de nous servir quelque chose à boire. Je vous sers ?

— Un whisky, deux doigts, sans glace, s'il vous plaît.

Au moins, lui, il savait dire « s'il vous plaît », contrairement à certains clients du Rosebury.

Ils me remercièrent lorsque je leur apportai leurs verres.

Grant ne put attendre. Il engloutit le sien d'un coup.

— Vous ne prenez rien ? me demanda Tom.

— Non. Je vais y aller. Je crois que vous avez des choses à vous dire.

Grant voulut s'assurer que je n'avais rien suivi de son petit monologue d'entrée.

— S'il vous plaît, si vous pouviez faire comme si vous n'aviez rien entendu. Je vous en serai très reconnaissant.

— Elle ne dira rien ! lança Tom.

— …

Je ne sus plus quoi dire. J'avais l'impression d'être dans une conversation entre deux gangsters. Mais étant donné que je n'étais pas au courant de cette histoire, je ne voulais surtout pas porter de jugement.

— Vraiment ? demanda Grant.

— Abby a mon entière confiance. Tout ce que tu diras en sa présence ne sortira pas d'ici, n'est-ce pas ? me demanda-t-il.

— Évidemment, je répondis.

Grant se tourna vers moi.

— Eh bien, vous en avez de la chance. Il n'a jamais été aussi confiant avec moi, dit-il avec humour.

Tom me demanda de rester.

Je partis me servir un verre. Grant en profita pour me demander de le resservir. En attendant, ils continuèrent de discuter.

— Très bien, alors on fait quoi maintenant ? questionna Grant.

— Que t'as dit l'avocat ?

— Cet abruti me balade ! Soit il m'évite, il ne répond pas à mes appels ou annule nos rendez-vous. Soit il tente de négocier des choses qui ne seraient pas en notre faveur.

Déjà, il y avait un problème. Ce n'était certainement pas de cette façon qu'un avocat digne de ce nom aurait pu remporter une affaire. J'avais l'impression qu'ils partaient sur de mauvaises bases et avaient engagé un guignol.

— Pardonnez-moi de vous interrompre, mais ce n'est pas dans son intérêt… À moins qu'il ait quelque chose à y gagner… je leur fis remarquer.

— Ah ! Et à quoi pensez-vous ? demanda Grant.

— Non. Simple remarque…

Je les rejoignis.

— Il n'y a vraiment aucun recours ? demanda Tom.

— Non, à part si tu te décides enfin à le dénoncer !

Les deux hommes commencèrent à s'emporter. Grant lui reprocha un certain nombre de choses.

Je les interrompis.

— Hum… hum…

Ils s'arrêtèrent sur-le-champ.

— …

— Si vous m'expliquiez ce qui s'est passé ? Peut-être qu'un avis extérieur…

— Je ne crois pas que vous comprendriez quelque chose… rétorqua Grant.

Alors, vexée par sa réponse, je décidai de lui clouer le bec.

— J'ai eu une vie avant d'être femme de ménage, vous savez ?

La tête de Grant se décomposa.

— Je ne voulais pas vous manquer de respect, répondit-il.

Tom se mit à rire.

— Allez-y, j'ai tout mon temps.

— Très bien. Puisque vous insistez. Explique-lui, Thomas. Je t'en prie…

Il lui lança un petit regard, puis se redressa sur son fauteuil et frotta ses mains.

— En résumé, il y a quelques années, lorsque j'ai créé ma fondation, j'ai proposé à Grant et à un de mes amis d'enfance de s'associer à moi. Tout se déroulait très bien, jusqu'au jour où Garret a décidé de détourner une partie de l'argent de la fondation. Je ne pouvais me résoudre à le dénoncer. Nous avions vécu tellement de choses ensemble. C'était impensable de faire ça. Avec Grant, nous avons pris le risque de couvrir ses délits comme nous le pouvions. Il nous avait promis de ne pas recommencer. Mais il faut croire qu'il n'a pas tenu sa promesse… C'est un homme pour qui j'avais beaucoup d'estime alors…

Grant l'interrompit.

— Visiblement, il en a très peu pour toi !

— OK, j'ai eu tort ! Je n'aurais pas dû le couvrir à l'époque, mais je ne voulais pas qu'il ait de problème. Il faut croire qu'il ne changera jamais…

Tom était si bon. Je pensais qu'il était bienveillant seulement avec moi, mais en réalité, j'avais tort. Il était comme ça avec tout le monde. Il était d'une gentillesse incroyable. Il était si généreux, si humble, si humain. Mais je me rendis compte que cela pouvait parfois lui causer du tort.

Avec mes quelques connaissances en droit, je me devais de l'aider à sortir de ce pétrin. Je devais l'aider. Je lui devais au moins ça.

— Je vois. Mais est-ce que vous avez des preuves de transactions, d'ouvertures de comptes, des notes de frais ?

— Oui. Nous en avons encore eu récemment, lança Grant en me montrant les documents qu'il avait déposés sur la table basse à son arrivée.

Ils m'expliquèrent tout dans les moindres détails. Et je les conseillai comme je le pus. J'avais peut-être étudié le droit, mais je n'étais pas non plus avocate. Je ne voulais pas les mener sur de fausses pistes.

Je leur donnai également les contacts d'un cabinet d'avocats très réputé où j'avais pu effectuer l'un de mes stages pendant mes études. J'avais beaucoup appris avec eux. Selon mon maître de stage, j'étais un très bon élément. Ils m'avaient même proposé un poste si j'obtenais mon diplôme.

Évidemment, je donnai à Tom et à Grant l'excuse qu'il s'agissait d'un avocat – client de l'hôtel – qui m'avait donné sa carte.

Et pour terminer, en citant quelques lignes du code pénal, je tins tout de même à leur rappeler un point très important…

— Je ne voudrais pas me mêler de ce qui ne me regarde pas, mais en vous rendant complices, vous avez bien conscience que vous êtes passibles tous les deux d'une peine de sept ans d'emprisonnement et d'une sacrée somme à payer ? Sans parler du reste…

J'avais installé un petit malaise. Ils s'observèrent d'un air dépité.

Je fus tout de suite persuadée d'en avoir déjà trop dit alors je finis mon verre comme si de rien n'était, puis le déposai sur la table.

Je me renfonçai dans mon siège et restai très silencieuse.

Grant et Thomas se lancèrent tous les deux un regard suspicieux.

— Mais comment vous savez tout ça ? me demanda Grant.

Je relevai la tête. J'étais dans de beaux draps. À présent, comment justifier cela ?

— Euh… C'est un sujet qui m'intéresse. Je lis beaucoup.

— Femme de ménage, hein ? répliqua Tom d'un air douteux.

Ils m'observèrent tous les deux avec un regard curieux. Je sentis à cet instant que mon excuse ne les avait pas du tout convaincus. Mais je réussis tout de même à les faire changer de sujet.

Une petite heure plus tard, Grant nous abandonna. Grâce à toutes mes explications, j'avais l'impression de lui avoir redonné un peu d'espoir.

Quant à Tom, je tentai de lui remonter le moral. Il était si mal et se sentait trahi. La visite de Grant lui avait sacrément miné le moral.

Ma mission pour le reste de la journée fût de l'aider à retrouver le plus de sérénité possible.

♡

Après la petite conversation qu'il avait eue plus tôt avec Grant, les doutes envahirent Thomas.

Il se demanda s'il n'avait pas précipité les choses concernant sa relation avec Abby. Après tout, même s'ils passaient beaucoup de temps ensemble, il ne la connaissait que très peu et les soupçons commencèrent déjà à s'installer.

Il ne pouvait s'empêcher de penser qu'elle était bien différente des autres femmes qu'il avait pu connaître. Il n'était jamais tombé sur une femme comme elle, tout simplement.

Abby n'avait pas l'air de se soucier de son argent. Elle n'avait jamais tenté un quelconque rapprochement entre eux. Elle ne se mettait jamais en avant. C'était une fille très simple qui se contentait du strict minimum.

Dans son entourage, tout n'était que paraître et faux-semblants. Il se demanda à quel moment elle montrerait son véritable visage.

Lui qui avait l'habitude d'avoir le contrôle sur chaque situation, il se sentit totalement perdu.

Il ne quitta pas son appartement pendant deux jours.

Ce matin-là, alors qu'il était perdu dans ses pensées, son téléphone se manifesta.

— Monsieur Prescott, bonjour. C'est *Harry Fisher.*

— Bonjour Harry.

— Est-ce qu'on peut se voir dans une heure ? J'ai ce que vous m'avez demandé…

— Je vous attends…

Thomas raccrocha et observa à travers la baie vitrée. Il était perdu et appréhendait déjà ce que l'homme allait lui révéler. Il annula tous ses rendez-vous pour la journée et attendit impatiemment la venue de Fisher.

Environ une heure plus tard, celui-ci sonna à l'interphone. Thomas le fit monter.

— Harry, merci d'être venu. Entrez, l'invita-t-il en lui serrant la main.

L'homme s'exécuta tout en observant l'appartement.

— J'avais du temps et je passais dans le coin. Je me suis dit autant faire un petit tour par chez vous…

— Je vous sers quelque chose à boire ?

— Non, merci. Pas pendant le service.

— Très bien, alors je vous écoute. Asseyez-vous.

Harry Fisher était un ancien policier. Depuis quelques années, il s'était reconverti et était devenu détective privé. Il agissait pour le compte de particuliers, célébrités, personnalités, etc. Il était très réputé dans le métier et aucun détail ne lui échappait.

Avant de s'asseoir, il tendit une grande enveloppe à Thomas.

Celui-ci l'ouvrit et en découvrit son contenu. Sous ses yeux se trouvaient un acte de naissance, des certificats de scolarité, des photos, des rapports de police, des papiers d'identité et bien d'autres documents.

— Abigaëlle, Emma, Rose, Saint-Clair, née le 12 février 1996. Fille d'un promoteur décédé et d'une ancienne infirmière. Elle a grandi à Port-Agathe.

— Dans les *faubourgs Sainville*. On parle des beaux quartiers, n'est-ce pas ?

— Oui. Étonnant, hein ?

— C'est le moins qu'on puisse dire.

— Elle a fréquenté de grandes écoles et a même étudié à l'Université de *Forks*, mais n'a pas terminé son cursus.

— Forks ? s'étonna Thomas.

— Exact.

— Et on sait pourquoi elle a arrêté ?

— Elle n'a pas donné d'explication. Mais j'ai su qu'elle y étudiait le droit et envisageait une carrière d'avocate. Une jeune femme très brillante d'après ce qu'on m'a dit. Elle était même dans les petits papiers du Directeur.

Tom se rappela alors cette conversation qu'ils avaient eue avec son ami Grant. Tout devint plus clair. Il sut à présent pourquoi elle semblait très calée sur le sujet. Il esquissa un sourire.

— Si j'avais imaginé ça…

— Et vous n'avez encore rien vu…

— Au point où j'en suis, dites-moi.

— Il y a quatre ans, elle a déménagé au *Belvédère* avec sa mère. Elle vit dans un petit appartement miteux de la cité des Atlas.

— Les Atlas !?! Sacré décalage entre Port-Agathe et les Atlas…

Thomas se rappela alors de l'endroit où Abigaëlle était censée habiter. Ce jour-là, son chauffeur l'avait raccompagné dans un tout autre endroit qui n'avait rien à voir avec la cité des Atlas. Il se rendit compte qu'il ne s'agissait que d'un mensonge de plus.

Parmi les documents, l'homme saisit un petit morceau de papier.

— Vous pouvez le dire ! Voici son adresse, dit-il en le montrant à Tom. Et je vous ai fait quelques photos de l'endroit.

— Vous savez ce qui les a poussées à déménager ?

— A priori, des problèmes financiers. Ils croulaient sous les dettes. Son père a fait faillite et a quitté le domicile conjugal. Il n'a jamais payé de pension alimentaire et a complètement disparu du jour au lendemain. Le type a fini SDF et a été retrouvé mort dans la rue quelques mois plus tard.

— C'est vraiment horrible.

— Mais ce n'est pas tout… Elle a fréquenté une petite bande de racailles déjà connue de la police pour vols et trafics de stup. Ils ont été choppés une nuit dans une voiture volée alors qu'ils venaient de braquer une épicerie du quartier voisin. La fille était avec eux dans la voiture. Ils ont tous écopé d'une peine, sauf elle ! Son casier judiciaire est vierge. Aucune charge n'a été retenue contre elle.

— On sait pourquoi ?

— Ils l'avaient soi-disant prise en stop en sortant du travail. Enfin c'est ce qu'ils ont tous rapporté lors de la déposition. Et son boss a assuré qu'elle travaillait bien ce soir-là.

— Sûrement là au mauvais endroit, au mauvais moment…

— Sûrement… À ce propos, elle est femme de ménage au Rosebury Plaza Hôtel depuis bientôt quatre ans, mais ça, je ne vous l'apprends pas ! Vous le saviez déjà.

— Oui.

— À part ça, lorsqu'elle ne passe pas sa vie au travail, elle passe le reste de son temps à l'association du quartier. Elle y est bénévole. Je n'ai pas connaissance d'un petit ami ou même d'amis. Plus solitaire que cette fille, je n'ai jamais vu ça…

— Je vois.

— C'est tout ce que j'ai sur elle pour le moment, mais si j'ai d'autres infos, je vous tiendrai au courant.

— Entendu !

L'homme ne resta pas plus longtemps. Il le raccompagna à la porte et revint s'asseoir sur le divan.

Tom n'en revenait pas. Il était abasourdi par toutes ces révélations.

Après cela, comment pouvait-il encore faire confiance à Abby ? Jamais elle ne lui avait révélé aucun de ces détails. Il ne savait plus quoi penser. Pourtant, elle ne cessait d'envahir ses pensées.

Mais il ne comptait pas en rester là. Il comptait bien faire la lumière sur toute cette histoire.

Chapitre 10

J'avais passé la journée à l'association. Entre les cours de dessins auxquels je participais, les distributions de repas, le tri des vêtements que Maddie recevait, les journées étaient bien chargées. Pourtant cela me changeait les idées et me permettait de voir du monde.

Toute la matinée, j'ouvrais des cartons remplis de vêtements que je devais ensuite trier par tailles et par catégories.

Ces vêtements étaient issus de dons de la population à l'association au lieu de les jeter.

Vers dix heures, j'aidais monsieur Angeli et d'autres bénévoles à distribuer la nourriture. On voyait très souvent les mêmes personnes, mais il y avait aussi pas mal de nouvelles têtes.

J'aidais un peu Maddie dans ses activités et, l'après-midi, je filais à l'atelier arts plastiques. J'aimais particulièrement cet endroit, car c'était là que je pouvais m'exprimer. Le professeur d'arts, un des bénévoles, me disait souvent que j'avais énormément de talent pour le dessin. Il se demandait même pourquoi je n'avais pas encore eu l'idée d'exposer ce que je griffonnais. Mais comme d'habitude, je doutais de moi. Et puis, même si j'aimais bien dessiner, ce n'était qu'une passion.

Il était bientôt dix-neuf heures trente. La nuit était pratiquement tombée et je rentrais à la maison. J'étais juste à l'heure pour préparer le repas. Je pénétrai à l'intérieur du bâtiment et rejoignis l'ascenseur.

Mais arrivée à l'endroit prévu, j'étais à deux doigts de la crise cardiaque. Je m'arrêtai net. Mon cœur s'emballa très rapidement. Je perdis très vite mes moyens.

— Tom ? Qu'est-ce que vous faites là ?

— Alors, c'est ici que vous habitez…

— Comment vous avez su ?

Il prit un air sérieux et y ajouta d'un ton sarcastique.

— Vous ne m'invitez pas à entrer ?

J'observai tout autour de moi. Un sentiment de panique m'envahit à cet instant. On ne pouvait pas rester ici.

— Vous n'avez pas répondu à ma question !

— Je ne vois pas où est le mal. Je voulais juste vous faire une surprise.

— Vous êtes inconscient à ce point ?

— Pourquoi dites-vous cela ?

— Parce que ce n'est pas un endroit pour vous ! Vous voulez vraiment vous faire agresser ?

— Allons, tout va bien.

J'entendis à ce moment un grincement de porte provenant de juste derrière lui. Je relevai la tête.

— Non c'est tout le contraire. Maintenant, venez avec moi. Je vous raccompagne !

— Puisque vous insistez…

Nous prîmes l'escalier par l'autre côté du bâtiment. Il était très rarement utilisé, nous passerions inaperçus.

— On ne prend pas l'ascenseur ? demanda Tom.

— Non. Il vaut mieux éviter le quatrième étage…

Sur ce palier, résidaient toutes les personnes que je souhaitais éviter, dont « Bigs ». Un gars qui se prenait pour un petit caïd. Il avait l'habitude de racketter les gens, surtout ceux qu'ils ne connaissaient pas. Il faisait partie de la bande de Daryl, mais lorsque celui-ci était absent, il se prenait pour le chef.

Plusieurs fois j'avais eu affaire à lui et ce n'était pas un tendre. Heureusement, grâce à Daryl, il n'avait jamais été plus loin. Mais je préférais tout de même me méfier de ce type. Contrairement à Daryl, je ne lui faisais aucunement confiance.

Malheureusement, nous fûmes très vite suivis. Des bruits se rapprochaient dans notre direction avant de s'arrêter. Nous activâmes le pas.

Quatre étages plus bas, nous nous arrêtâmes un instant derrière la porte. J'observai à travers.

Il n'y avait pas un chat.

— Ça a l'air dégagé…

Nous nous engageâmes rapidement dans le couloir quand, tout à coup, l'ascenseur s'arrêta au rez-de-chaussée.

Bigs en sortit avec ses gars.

Tom ne put s'empêcher de faire de l'ironie.

— Vous disiez ? lança-t-il.

— Bee ! Bah alors t'as l'air pressée… dit Bigs.

— …

Je préférai ne pas rentrer dans son jeu.

Ils commencèrent à nous encercler.

J'avais pourtant évité l'ascenseur car je savais qu'il serait monopolisé par leur bande, comme d'habitude. C'était plutôt raté pour le mode furtif. Pourquoi fallait-il que cela arrive aujourd'hui ? Surtout en compagnie de Tom. J'étais si mal.

— Ça va beauté ? me dit-il.

— Ne m'appelle pas comme ça !

Je tentai de rejoindre l'extérieur, mais ses gars vinrent se poster devant moi. Il se replaça à mon niveau.

— Je t'appelle comme je veux, OK ?!

— …

Son regard se posa ensuite sur Tom.

— Et c'est qui, lui ?

— Je ne crois pas que ça te regarde.

Je l'avais un tantinet énervé. Il s'emporta et s'approcha de moi tout en me fixant dans les yeux.

— Tu devrais faire attention à qui tu parles !

— Pas la peine de s'énerver, me défendit Tom.

Bigs le dévisagea.

— Qui t'as dit de l'ouvrir, toi ?

— Hey ! Ne lui parle pas comme ça, je repris, furieuse.

— On ne veut pas d'ennui. On veut juste sortir, dit Tom calmement.

— Ouais, bah t'iras nulle part !

Je ne pouvais le laisser parler à Tom de la sorte.

— Et c'est quoi ton problème ? Tu te prends pour qui ?

Dieu merci, au même moment, Daryl, Tyler et d'autres garçons firent leur entrée dans le hall.

Les gars de Bigs s'éloignèrent de nous.

Daryl avait sûrement entendu des excès de voix depuis l'extérieur.

— Il se passe quoi ici ? nous interrogea-t-il.

— Ton pote Bigs refuse de nous laisser sortir, lançai-je, désappointée.

Les gars jetèrent alors un œil sur Tom quand, tout à coup, Tyler en perdit sa canette de soda qui se déversa sur le sol.

— Oh putain les gars, mais c'est Thomas Prescott ! cria-t-il.

Le gosse avait comme des paillettes dans les yeux.

— Qui ça ? demanda l'un d'eux.

— Thomas Prescott ! reprit un autre. Le mec qui joue dans *les Gardiens de Keldora* !

Daryl se tourna vers moi et me lança un regard incompréhensif. Il se positionna devant Tom et l'observa de la tête aux pieds. Il venait sans doute de le reconnaître.

Il se tourna ensuite vers moi.

— Bee, qu'est-ce qu'il fait ici ? me demanda-t-il.

— Tom et moi, nous sommes amis. Il venait me rendre une petite visite. Mais Bigs et ses gars s'en sont pris à nous.

— Eh bah, tu fréquentes pas n'importe qui ! lança Tyler sur le ton de la plaisanterie.

Puis il s'adressa à Tom tout en s'approchant de lui : « J'suis votre plus grand fan, m'sieur ! »

— Merci, ça me touche beaucoup, répondit Tom avec un petit sourire.

J'en profitai pour détendre un peu l'atmosphère et taquinai le gamin.

— Toi, t'es vraiment un fayot quand tu t'y mets ! lançai-je, amusée.

— Hey ! Pourquoi tu dis ça ?

— Tout le monde sait que c'est moi sa plus grande fan, je rajoutais en esquissant un petit sourire.

— Dans tes rêves !

Il se mit à « tchiper ».

Cela me fit rire. On ne cessait de se chamailler tous les deux tel un petit frère et sa grande sœur.

Tom se mit à rire à son tour.

Daryl se retourna vers Bigs.

— Mec, t'as vraiment essayé de t'en prendre à *Reeverse* ? lui demanda-t-il avec une pointe d'ironie.

C'était le prénom du super-héros que Tom incarnait au cinéma. Qui ne connaissait pas le grand Reeverse, capable de remonter dans le temps ?

Les autres se mirent à rire. Nous aussi.

Bigs qui boudait dans son coin, ne savait plus où se mettre. Il devait avoir si honte qu'il tenta de se justifier.

— C'est bon, je l'avais pas reconnu.

Navré, Daryl se retourna vers nous.

— Désolée pour tout ça. Ça se reproduira pas. Mes gars vous dérangeront plus.

Nous le remerciâmes. Mais avant de partir, le gosse dégaina son téléphone et s'approcha de Tom.

— Attendez m'sieur Prescott, on peut faire un selfie ?

— Évidemment ! répondit Tom, amusé.

Par chance, les choses s'étaient plutôt bien arrangées. Heureusement que Tyler et Daryl étaient passés par là.

Nous rejoignîmes sa voiture tout en discutant. J'étais encore sous le choc. Je n'en revenais pas que tout cela soit arrivé. J'aurais tellement voulu éviter ce moment.

— Je comprends mieux pourquoi vous ne vouliez pas me voir ici…

— Et moi, j'ai adoré la tête de cet abruti de Bigs quand Daryl a pris notre défense.

— Heureusement qu'il est intervenu… Ça semblait mal parti.

— C'est sûr ! Déjà qu'en temps normal, ils ne sont pas très commodes, alors je vous laisse imaginer avec les gens qu'ils ne connaissent pas… Je voulais à tout prix vous éviter ça. C'est pour ça que je ne voulais pas que vous veniez ici. Je n'étais pas sûre de leur réaction.

Malgré ce qui venait de se passer, Tom tenta de relativiser.

— On dirait bien qu'ils m'apprécient maintenant…

— Sûrement… mais on va tout de même éviter.

Il s'arrêta de marcher et me fixa droit dans les yeux.

— Pourquoi ne pas m'avoir dit la vérité ? Pourquoi ne pas m'avoir dit que vous habitiez ici ?

— À votre avis, quelle aurait été votre réaction si je vous l'avais dit ?

— Je ne sais pas, mais je ne vous aurais jamais jugé.

— Mouais… Peu importe, je ne veux plus que vous mettiez les pieds ici ! Et d'ailleurs, comment avez-vous su ?

— C'est une longue histoire…

— Je veux savoir !

— Ça risque de ne pas vous plaire…

— Dites toujours.

— Abby…

— S'il vous plaît, Tom.

— J'ai engagé un détective privé pour en savoir plus sur vous.

— Vous avez fait quoi ?!

— Abby, comprenez-moi. Je voulais être sûr de pouvoir vous faire confiance. On s'est rencontré par hasard et nous sommes devenus amis.

— Je vois. Vous pensiez sûrement que j'étais une de ces intrigantes qui n'en veulent qu'à votre argent.

— Ce n'est pas ce que j'ai dit.

— Vous auriez dû me faire confiance !

— Est-ce que je le peux ?

Je lui lançai un regard incompréhensif.

— Bien sûr !

— Alors pourquoi m'avoir caché où vous habitiez ?

— Parce que…

— Parce que ?

— J'avais honte ! Parce que je ne voulais pas que vous sachiez. Vous êtes une star et moi, je ne suis rien.

— Je refuse de vous entendre dire ça !

— J'avais peur de votre réaction si je vous avais dit où j'habitais réellement. D'ailleurs, je suppose que c'est la dernière fois qu'on se voit.

— Pour quelle raison ?

— Eh bah, avec tout ce qui s'est passé ce soir et maintenant que vous savez où j'habite…

— Je n'ai jamais entendu quelque chose d'aussi absurde !

— Et en quoi est-ce absurde ?

— Il y a des gens très bien qui vivent dans des logements HLM… Croyez-le ou non, mais je suis plutôt du genre à penser que nous ne naissons pas tous avec une cuillère en argent dans la bouche. Je ne me permettrai jamais de juger les personnes qui vivent ici, ni vous d'ailleurs.

— …

Nous rejoignîmes la voiture.

Je ne répondis pas, mais dans le fond, il avait totalement raison.

Je ne savais pas pourquoi je détestais cet endroit. Pourtant, à mon arrivée ici, j'avais fait la connaissance de belles personnes et j'avais aussi découvert une telle solidarité. Peut-être parce que mes parents étaient des gens très riches avant de tout perdre ? Peut-être parce qu'à une période de ma vie, je ne manquais de rien et que tout me tombait dans le creux de la main sans que je fasse le moindre effort ? À présent, tout était bien différent. Il fallait croire que même après toutes ces années, je n'arrivais pas encore à faire le deuil de cette belle époque.

— Peu importe, je voulais vous proposer d'aller à la fête foraine demain, mais si vous n'êtes pas partante…

— La fête foraine ?

— Quoi, vous n'aimez pas ça ?

— Si, bien sûr que si, mais ça ne vous ressemble pas.

— Si vous saviez…

— Ça fait une éternité que je n'y suis pas allée.

— Alors ça tombe bien ! On se dit seize heures là-bas ?

— J'ai hâte !

Il se mit à rire.

— Je vous dis bonne soirée, Abby.

— Bonne soirée, Tom.

Je commençai à m'éloigner quand tout à coup, il reprit la parole.

— Euh… juste une chose.

Je fis demi-tour.

— Oui ?

Il prit alors un air très mignon. Je ne le sentis pas vraiment rassuré.

— Vous êtes certaine que vous ne voulez pas que je vous raccompagne ? On ne sait jamais…

— Non. J'ai l'habitude. Ne vous inquiétez pas. Filez maintenant.

— OK… Comme vous voudrez, dit-il en ouvrant la portière de sa voiture. J'aurais essayé. À demain.

Je me mis à sourire. Il était vraiment adorable.

♡

Il m'avait donné rendez-vous devant la grande roue. J'avais un peu d'avance alors, en l'attendant, j'observai la géante.

Les forains avaient investi les lieux le temps du marché de Noël. À une quinzaine de jours des fêtes, autant dire que l'endroit était bondé, même en journée.

Il faisait encore jour. Je n'attendais que le coucher du soleil vers dix-sept heures pour pouvoir apprécier les illuminations de Noël.

Après ce qui s'était passé hier soir, impossible de fermer l'œil de la nuit. Je n'arrêtais pas d'y penser. J'appréhendais déjà cette journée.

Mais quelques minutes plus tard, il se positionna à mes côtés et me salua.

— Bien dormi ?

Je tournais la tête vers lui.

Il portait un long manteau, des lunettes et un chapeau. Vêtu de la sorte, je ne l'aurais pas reconnu.

— Pas vraiment…

— Vous m'en voyez navré.

— Ça ne fait rien. Et sinon, c'est ça votre mode « camouflage » ?

Ce que je venais de dire l'amusa.

— Je n'ai rien trouvé de mieux. Mais pour l'instant, disons qu'il fait le job.

— Tant mieux, je répondis en souriant.

Il observa la grande roue. Puis il se tourna vers moi à son tour.

— Ça vous dit de faire un tour ?

— Là-dedans ? disais-je en pointant l'attraction.

— Oui.

— Je ne pense pas que…

Il se mit à rire à nouveau.

— Ne me dites pas que vous avez le vertige ? s'amusa-t-il.

— Si. En réalité, je ne suis jamais montée dans une grande roue. Je ne suis pas très rassurée.

— Il faut bien vaincre ses peurs, parfois.

— C'est vrai, mais alors pas tout de suite. Peut-être plus tard.

— Très bien, alors si on commençait par quelque chose de plus soft ?

— Vous pensez à quoi ?

— Un café ?

— Euh…

— Je vous invite !

— …

Nous prîmes la direction d'un grand café et nous installâmes en terrasse.

Le serveur prit notre commande. Comme d'habitude, je détaillai scrupuleusement la carte. Il m'avait invitée, mais hors de question d'abuser.

Tom s'impatienta et me conseilla de prendre la même chose que lui. En d'autres termes, le café le plus cher de cette carte…

— Je suis désolée pour hier. Je n'aurais pas dû vous crier dessus. Mais j'ai été très surprise de vous voir.

— C'est oublié. N'en parlons plus. Tâchons de passer un bon après-midi.

— D'accord.

Nous discutâmes encore un peu, puis nous prîmes la direction du marché. Il y régnait une ambiance si féérique : des mélodies de Noël, des décorations plus belles les unes que les autres, les enfants se faisaient prendre en photo avec le père Noël. Et il y avait tous ces petits cabanons où les marchands exposaient leurs marchandises. Le tout mêlé à l'odeur du vin chaud, des gaufres et des friandises.

La joie se lisait sur tous les visages.

Cela me rappelait tellement de souvenirs. Depuis petite, Noël était à mes yeux la plus belle des fêtes. Et chaque année, j'attendais impatiemment cet évènement. Même si tout était bien différent maintenant.

C'était si agréable de traverser les étales à ses côtés. Tom prit le temps de tout observer. Et il voulut aussi tout ce qu'il voyait.

Il essaya même de me tenter. Si je l'écoutais, il m'aurait acheté le marché de Noël tout entier ! Je ne sus pas pourquoi il agissait de la sorte. Peut-être avait-il en tête de m'acheter de cette façon ? Mais je refusai à chaque fois qu'il me proposait quelque chose, car je n'étais pas ce genre de femmes.

Arrivés devant une attraction, j'observai une boule retenue par des câbles s'élancer à plusieurs mètres dans les airs. À l'intérieur, il y avait une personne.

Je saluai tout de même le courage de ces gens, car personnellement, je n'aurais jamais osé m'aventurer dans cette chose. J'exagérais peut-être, mais je tenais tout de même à la vie.

Tom m'observa.

— Je ne vous propose pas d'essayer ? se moqua-t-il.

— Certainement pas ! répondis-je en grimaçant.

Nous nous mîmes à rire.

Un groupe d'enfants passa alors sous mes yeux. Ils tenaient tous en main une barbe à papa.

J'en avais l'eau à la bouche. Lorsque j'étais gamine, j'adorais ça. Cela faisait une éternité que je n'en avais pas mangé. Et même adulte, j'adorais encore les friandises.

Envieuse, je les suivis du regard. *Tom s'en aperçut.*

Nous fîmes quelques attractions, celles où j'étais sûre de ne pas faire de crise cardiaque. Nous nous amusâmes plutôt bien. J'étais retombée en enfance, d'ailleurs lui aussi.

Et à la sortie du grand carrousel, nous approchâmes d'un vendeur de confiseries un peu plus loin.

Tom demanda à l'homme un cornet de churros, puis il me demanda ce que je désirais. Mais je ne pouvais pas accepter à nouveau. Après le café, c'en était trop. Je lui répondis que je ne voulais rien.

Alors il commanda une barbe à papa en plus.

Je ne savais pas qu'il aimait ça. Mais à présent, il m'avait donné envie d'en manger. Malgré tout, je m'abstins. Je ne voulus pas paraître impolie.

Je regardai la confiserie se former dans l'appareil. C'était si plaisant à regarder.

Tom paya l'homme. Il saisit son cornet puis me tendit la barbe à papa.

— Tenez. C'est pour vous.

— Pourquoi vous me donnez ça ?

— Parce que la façon dont vous dévisagiez ce groupe de gamins tout à l'heure voulait tout dire…

Il m'avait cloué le bec. Je ne savais pas quoi dire. Je me sentais bête. Il fallait croire que je n'avais pas été si discrète. J'avais honte, mais je ne pouvais qu'accepter.

— Vous êtes incroyable.

— Je sais, fit-il amusé.

Le soleil avait presque disparu.

Tom me proposa de faire un tour dans la grande roue. Il était certain que j'apprécierais le spectacle de là-haut.

Je n'étais guère convaincue, mais pour lui faire plaisir, je finis par accepter.

Après avoir payé nos tickets et patienté dans la file d'attente, nous prîmes place à l'intérieur. J'observai tout autour de moi.

Je n'étais pas très rassurée à cet instant et Tom s'en rendit compte.

— Abby, ne vous inquiétez pas. Vous ne craignez rien.

— Si vous le dites…

La roue se mit en marche au bout de quelques minutes. Je m'accrochai à mon siège. J'avais déjà envie de descendre.

Pourtant, une fois à l'intérieur, ma peur se dissipa très rapidement. La roue tournait si lentement que je parvins à garder mon calme.

Au deuxième tour, le vertige fut très vite remplacé par de l'admiration. L'obscurité fit son apparition. Le marché tout entier s'illumina tout comme mon regard. Même ce qui était bien au-delà. D'ici, je pouvais apercevoir les rues, les bâtiments, l'horizon. La vue était imprenable. Je n'avais jamais rien vu d'aussi beau.

Je sentis que Tom était en train de m'observer, mais je n'arrivai pas à décrocher mon regard.

— J'espère que ça vous plaît ? demanda-t-il.

— Vous aviez raison. C'est magnifique. J'aurais eu tort de manquer ça…

Trois tours plus tard, la grande roue amorça enfin sa descente.

Nous nous levâmes, mais avant de s'arrêter complétement, il y eut un petit contrecoup. La cabine se mit alors à bouger. Je ne l'avais pas vu venir… Je trébuchai légèrement et atterris tout contre lui.

Mon regard accrocha le sien. Les mots pouvaient mentir, mais un regard ne trahissait jamais…

J'étais si gênée. Je m'éloignai de lui et m'excusai immédiatement.

Nous quittâmes l'endroit. Il était bientôt dix-huit heures trente.

Il proposa de me raccompagner. Je refusai comme d'habitude, mais cette fois-ci il insista.

Je finis par monter dans sa voiture et il prit la direction de mon quartier.

Une fois arrivés, il arrêta la voiture un peu plus loin de mon bâtiment.

— Merci pour cet après-midi. J'ai adoré passer du temps avec vous.

— Moi aussi, je me suis bien amusée.

Il fallait tout de même que j'aborde ce sujet qui me perturbait depuis tout à l'heure. Je cherchai mes mots.

— Tom, je voulais vous dire, pour ce qui s'est passé dans la grande roue…

— Non, ne dites rien. On n'a qu'à faire comme s'il ne s'était rien passé. Parce que, techniquement, il ne s'est rien passé ! fit-il en souriant. Vous avez juste trébuché sur moi et je suis resté bloqué sur vous… Voyez toute l'ironie du sort…

Je me mis à rire. Il avait fait preuve d'une telle diplomatie. Il avait aussi une façon de s'amuser de tout.

— Oui. C'était un accident.

— Exactement.

— Je vais y aller maintenant.

— D'accord.

J'ouvris la portière et sortis. Il fit de même et s'appuya contre sa voiture.

— Bonne nuit, Tom.

— Bonne nuit. Rentrez-bien. On s'appelle plus tard.

J'esquissai un sourire, puis lui tournai le dos. Mais il n'en avait pas terminé avec moi.

— Abby, attendez.

Je me retournai.

— Oui ?

— J'ai quelque chose pour vous.

— Pour moi ?

Il se baissa dans la voiture et saisit un paquet. Puis il s'approcha de moi.

— Tenez.

— Qu'est-ce que c'est ?

— Votre cadeau de Noël !

— Mon cadeau de Noël ?

— Oui. Je sais qu'il est encore tôt, mais je risque de ne pas être très présent ces prochains jours. Je serai dans le *Charmont* avec ma famille alors, je voulais vous offrir ça.

— Oh Tom… C'est adorable, mais il ne fallait pas. Je n'ai rien à vous offrir.

— Je n'ai besoin de rien ! Être votre ami est déjà le plus beau des cadeaux.

— …

Une fois de plus, j'en restai bouché bée. J'observai le paquet avec une certaine mélancolie. Mes yeux se mirent à larmoyer, mais je me repris rapidement.

Il fit demi-tour et s'apprêta à remonter dans sa voiture.

— Je compte sur vous pour ne l'ouvrir qu'à Noël, dit-il avec son sourire de charmeur.

— Promis !

Nous nous quittâmes sur ces mots.

Chapitre 11

C'était le soir du réveillon. Les balcons étaient illuminés.

Les couloirs sentaient la bonne odeur des mets de Noël. Les invités commençaient à défiler et on entendait des mélodies et chants de Noël résonner dans les appartements.

Et moi, j'étais en train de préparer un petit repas pour maman et moi.

Autant dire qu'à chaque Noël, j'avais l'estomac noué. Car même si nous avions toujours à manger grâce à l'association, la joie et la magie de Noël n'étaient pas au rendez-vous.

Notre repas était très simple : une petite salade verte avec des œufs. Des haricots verts, quelques pommes de terre et des tranches de rôti de bœuf. Comme chaque année, pour espérer avoir de la dinde, il fallait s'y prendre tôt. Les gens avaient l'habitude de se ruer dessus en priorité. Et en dessert, nous avions droit à une petite buchette et quelques clémentines.

Et comme toujours, cette bonne Maddie nous laissait tout le temps de côté une boîte de chocolats pour nous remonter le moral.

Comme chaque Noël, maman était très silencieuse. J'étais obligée de lancer un sujet pour la motiver à parler un peu. Et même si ce n'était pas un repas très festif, je faisais mon maximum pour la faire rire et passer un moment agréable malgré tout.

Le repas terminé, je passai encore un peu de temps avec elle et comme chaque soir, je finis par la mettre au lit.

Il était bientôt vingt-trois heures trente lorsque je reçu ce texto :

Bonsoir Abby,
J'espère que je ne vous dérange pas.
Je voulais vous dire que je pense à vous.
Je pense écourter mon séjour. J'espère qu'on pourra se voir bientôt.
Profitez bien de vos proches.
Bonne soirée et Joyeux Noël !
Tom

Je me mis à rire. Son petit message m'avait fait plaisir. J'aurais tant voulu qu'il soit là avec moi, mais il ne fallait pas trop rêver.

En attendant son retour, je regagnai ma chambre et me dirigeai vers la commode. J'ouvris le tiroir et saisis le petit paquet qu'il m'avait confié plus tôt. Il m'avait demandé de ne pas l'ouvrir avant Noël, alors je pouvais enfin déballer mon cadeau.

Je m'assis sur le lit.

C'était une magnifique écharpe rose et beige d'une certaine marque. Je ne pus m'empêcher de sourire en la voyant. Le cadeau idéal pour remplacer l'antiquité que je possédais depuis des années.

« *Merci Thomas* », murmurais-je, en serrant l'accessoire contre moi.

Je m'habillai et enfilai cette magnifique écharpe avec joie.

Comme d'habitude, à chaque Noël, je me rendis en ville pour y faire un petit tour.

Je pris plaisir à observer les illuminations, je cherchai à tout prix à rencontrer le père Noël car mon âme d'enfant y croyait encore. Je pris le temps de profiter des spectacles de rues.

Il y avait parfois de nombreuses représentations. L'année dernière, des comédiens avaient joué une pièce de théâtre en pleine rue. L'année d'avant, j'avais assisté à un spectacle de marionnettes. J'avais également pu voir des personnes chanter des mélodies de Noël. Une fois, des saltimbanques nous avaient même proposé quelques acrobaties.

Mais cette année, je ne pus m'empêcher d'écouter les deux hommes qui jouaient du violon. Il y avait déjà un petit attroupement autour d'eux et tout le monde semblait sous le charme de leurs instruments.

Je restai pour les observer quelques minutes. Je n'avais jamais entendu quelque chose d'aussi beau.

Quand soudain, de petits flocons de neige se mirent à tomber.

Je levai alors la tête vers le ciel, puis mon regard se posa sur tous ces gens qui m'entouraient.

Tous les spectateurs étaient accompagnés sauf moi. Une femme un peu plus loin se blottissait contre son homme. Ils semblaient si amoureux. Un couple de personnes âgées discutait et souriait. Ils étaient très complices. J'aimerais connaître cela à leur âge.

Une mère tenait ses deux petits garçons par le cou. Et les deux hommes, juste devant moi, se tenaient par la main. J'observais tous ces gens avec une certaine émotion. Une merveilleuse ambiance régnait autour de moi. Et même si je me sentais très seule, je souris et profitai du spectacle.

Mais une vingtaine de minutes plus tard, la neige s'intensifia. Les deux hommes continuèrent à jouer malgré tout. La foule se dispersa peu à peu. C'est alors que j'entendis mon prénom au loin.

La première fois, je ne réalisai pas. La seconde fut la bonne.

— Abby.

Je me retournai et vis quelque chose d'improbable.

— Tom ? Qu'est-ce que vous faites là ?

— Je passais dans le coin et je vous ai aperçue au loin. J'ai immédiatement demandé à mon chauffeur d'arrêter la voiture.

Je m'attendais à tout sauf à ça.

— Mais vous n'étiez pas avec votre famille ? Vous m'avez envoyé un message tout à l'heure.

— Si, mais je suis rentré il y a quelques instants. Disons que cette soirée a été un véritable fiasco ! J'ai préféré partir.

— Ah ! Je vois…

Son regard se posa sur l'écharpe que je portais autour du cou.

— Je suis content que vous la portiez. Elle vous plaît ?

— Elle est magnifique. Je l'adore ! Vraiment, merci. C'est un très beau cadeau.

— Tant mieux, fit-il avec un sourire. Et vous, qu'est-ce que vous faites là ?

— Euh… moi ? Euh… je prenais l'air.

— Un soir de Noël ?

— Tout à fait !

— Je vois… On dirait que nous avons des choses à nous raconter tous les deux.

Je souris. Je ne m'attendais pas du tout à cette rencontre. Je ne savais pas quoi lui dire.

— Tom…

— Abby…

Cela arrivait souvent. Nous nous mîmes à rire.

— Allez-y.

— Ça vous dit qu'on passe la soirée ensemble ?

— Avec joie ! dis-je d'un air ravi.

— Venez.

Nous rejoignîmes son appartement. Il avait allumé un feu de cheminée et ouvert une bouteille.

Ce n'était pas un Noël comme les autres, mais j'étais très heureuse d'être à ses côtés.

Nous regardâmes la télé tout en discutant, quand une question me vint à l'esprit. Je devais savoir.

— Et si vous me disiez ce que vous faites là. Vous n'étiez pas censé passer les fêtes avec votre famille ?

— C'est exact, mais j'ai eu quelques différends avec ma mère et ma sœur pendant notre dîner.

— J'en suis navrée.

— Ne le soyez pas. Elles sont si bornées parfois !

— Et que vous reprochent-elles ?

Il fixa la télé d'un air amer et bu une gorgée de vin.

— Elles refusent de comprendre ma rupture avec Ambre. Elles veulent à tout prix que je change d'avis et que nous nous remettions ensemble.

— Je vois…

Je fus tout de suite très déçue. Comment pouvaient-elles apprécier cette femme ?

Il finit son verre et le posa sur la table basse.

— Mais ça n'arrivera pas ! tonna-t-il.

Je sentis une légère animosité en lui. Je tentai de le calmer, mais ce n'était pas gagné.

— Vous devriez peut-être reconsidérer la question.

— Ne me dites pas que vous allez vous y mettre, vous aussi !

— Non, bien sûr.

— Je préfère ça.

— …

Il prit quelques apéritifs et s'enfonça dans le canapé.

— Et vous ? Que faisiez-vous dehors en plein soir de Noël ?

— Rien de spécial, une petite balade nocturne…

— Et vous pensez que je vais avaler ça ?

— …

Je baissai la tête et me murai dans le silence.

Il était un tantinet désappointé. Ce n'était pas le moment de le contrarier.

Il se redressa et frotta son visage.

— Pardon, Abby. Je suis désolé. Je n'aurais pas dû vous parler de la sorte, mais je suis si en colère.

— Ça, je ne l'avais pas remarqué…

Il se tourna vers moi et prit un air triste.

— Je ne suis pas de très bonne compagnie ce soir. Si vous voulez y aller, je ne vous en voudrais pas.

— Non ! Pourquoi vous dites ça ? On a tous nos humeurs, vous savez. Vous devez juste essayer de vous détendre et penser à autre chose.

— Et vous proposez quoi ?

— Euh… un massage ?

Il pouffa. Ce que je venais de dire l'avait amusé, on dirait bien. C'était un bon début.

— Je ne voudrais pas abuser.

— Vous n'abusez pas puisque c'est moi qui vous le propose.

— Vous êtes certaine que c'est une bonne idée ?

— Et pourquoi pas ?

— …

— Allez, il n'y a rien de mal à vous faire un massage. Enlevez votre chemise.

— Abby, je ne crois pas…

— Allez !

— À vos ordres…

Il se mit à rire. Je sentais qu'il était gêné.

Il se leva et fit ce que je lui demandais.

Je l'observai attentivement, mais je devais bien avouer que j'étais tout aussi mal à l'aise que lui.

Je ne pus décrocher mon regard de son torse. Il ne paraissait pourtant pas aussi musclé sous ses vêtements. C'était un véritable régal pour mes yeux.

Il se rassit. Je me plaçai derrière lui et commençais à lui masser lentement les épaules.

Il était très silencieux. Il devait sûrement apprécier.

— Vous ne dites pas un mot.

— C'est de votre faute !

— Ma faute ? Qu'est-ce que j'ai fait ?

— Vous m'avez proposé ce massage. Maintenant, je crois que je suis accro.

— Et pourtant, c'est bien la première fois que je fais ça.

— Vraiment ? C'est la première fois que vous massez quelqu'un ?

— Oui.

— Alors laissez-moi vous dire que vous vous y prenez très bien.

— Merci monsieur l'expert.

— Je vous revaudrais ça !

— D'accord, mais tout sauf un massage. Il ne vaut mieux pas...

— Pourquoi dites-vous cela ?

— Parce que je suis une vraie chochotte. Je ne suis pas très massage, chatouilles et tout le reste. J'ai beaucoup de mal avec ça. Je ne sais pas pourquoi, mais je ne peux m'empêcher de rire.

Il se redressa et tourna la tête vers moi. Il semblait amusé.

— Vraiment ?

— Oui.

— Intéressant… Mais c'est surtout le genre de chose qu'il ne fallait pas me dire.

— Pourquoi vous dites ça ?

— Parce que j'aimerais bien voir ça. Je suis très joueur, vous savez.

— Vous n'êtes pas sérieux ?

Il se retourna aussitôt et s'en prit déjà à moi. Il tenta de me chatouiller, mais il était évident que je ne le laisserais pas faire.

Je ne l'avais jamais vu comme ça. C'était un autre Tom. Il devait sacrément avoir besoin de se changer les idées.

Je le repoussai tant bien que mal, mais il me faisait tellement rire que je ne résistais pas bien longtemps.

Il m'emprisonna dans ses bras.

Nous éclatâmes de rire, quand soudain, le silence s'installa. Et en l'espace d'une minute, je me sentis comme connectée à lui.

Il relâcha son étreinte et me tint les mains tout en m'observant droit dans les yeux.

J'eus l'impression à cet instant qu'il avait envie de m'embrasser car la façon dont il me regardait et me tenait en disait long. Et je devais bien avouer que j'en avais très envie moi aussi, mais il ne valait mieux pas précipiter les choses entre nous.

Il se reprit enfin.

— Merci pour ce massage, fit-il avec son éternel sourire.

J'esquissai un léger sourire à mon tour. Je m'attendais peut-être à un peu plus. En tout cas, une chose était sûre, il n'allait rien se passer ce soir.

Il se leva et se rhabilla avant de regagner la cuisine.

Une petite dizaine de minutes plus tard, il revint avec d'autres apéritifs et agit comme si de rien n'était.

♡

Par une belle journée de printemps, Tom se rendit à l'hippodrome pour assister à une course hippique comme il avait l'habitude de le faire.

L'endroit n'était pas bondé. Les chevaux et leurs cavaliers filaient au galop sous les applaudissements du public.

Tom, vêtu d'un costume gris à carreaux, d'une longue gabardine et de lunettes noires attendait impatiemment la venue de son ami Grant qui ne tarda pas à le rejoindre une dizaine de minutes plus tard.

Les deux hommes se saluèrent. Grant s'assit à ses côtés.

— Tu voulais me voir ?

— C'est exact !

— Alors je t'écoute. Mais sois bref, j'ai un rendez-vous dans une heure.

— Ça ne sera pas long.

— Très bien.

— C'est à propos d'Abby. J'aimerais que tu fasses quelque chose pour moi.

— Abby ? Ah ! Tiens donc. En parlant de cette fille, tu sais que je l'aime bien… Elle…

— Grant… Je l'apprécie, moi aussi, mais…

— Mais ?

— Son excuse ne m'a pas convaincu. Elle me cache des choses et je n'aime pas ça. Je suis sûr qu'il y a autre chose…

— Autre chose ? De quoi parles-tu ?

— Tu as cru à son histoire lorsqu'elle nous a fait son petit topo sur le droit ?

— Ah ! Je vois… Moi aussi, j'ai trouvé ça étrange. Elle connaissait beaucoup de choses pour une femme de ménage. Enfin, pourquoi pas ? Après tout. En tout cas, elle s'y connaît plutôt bien. J'ai appelé le cabinet d'avocats qu'elle nous a conseillé et tout semble rentrer dans l'ordre.

— Ravi de l'entendre, mais il n'y a pas que ça. Je sens qu'elle me cache quelque chose. Et qu'elle le veuille ou non, elle va devoir me dire la vérité.

— OK et comment comptes-tu t'y prendre ?

— Je voudrais que tu invites le Doyen de la faculté de Forks à la soirée de gala *Roc Fellah*.

— Le Doyen de Forks ? Mais pour quelle raison ? Et puis, il risquerait de mal le prendre que je l'invite au dernier moment…

— Tu es mon manager et c'est toi qui gères en partie tous les donateurs de ce gala. Je suis certain que tu trouveras une solution.

— Qu'est-ce que je ne ferais pas pour toi… Entendu, je vais voir ce que je peux faire. Mais pourquoi tu tiens tant à ce que le Doyen de cette faculté soit présent ?

Thomas hésita à lui répondre.

— Fisher m'a dit qu'Abby avait fait ses études là-bas et qu'elle avait de bonnes relations avec lui.

— Fisher ? Notre détective ?

— …

— Ne me dis pas que tu l'as fait suivre ?

— …

— Mais Thomas ?!! Est-ce que tu as perdu la tête ?

— Grant, s'il te plaît. Je dois vérifier quelque chose. J'ai besoin de savoir si je peux lui faire confiance avant de pouvoir aller plus loin avec elle. Je commence à m'attacher un peu trop à elle et je ne sais pas si je serais capable d'affronter une nouvelle déception, tu sais…

Grant baissa les yeux au sol. Il savait pertinemment comment sa relation et sa rupture avec Ambre fut douloureuse.

— Thomas…

— Invite le Doyen. Convaincs-le de venir. C'est important.

— D'accord. Je vais m'en occuper. Mais je tiens à te rappeler une chose. Même si je suis ton manager, je reste avant tout ton ami. J'ai bien vu comme tu apprécies cette fille, comme tu la regardes et comme vous êtes proches tous les deux. Elle n'appréciera sûrement pas que tu t'immisces dans sa vie privée de la sorte. Je sais que tu as beaucoup souffert avec Ambre. Je me trompe peut-être, mais d'après ce que j'ai pu voir, Abigaëlle n'a rien à voir avec elle, alors ne gâche pas tout et vas-y mollo si tu ne veux pas finir par te brûler les ailes.

— Merci pour le conseil, répliqua-t-il avec un petit sourire.

Chapitre 12

Aujourd'hui était un jour particulier pour moi. Car je fêtais mes vingt-sept printemps. « Fêter » était un bien grand mot car en réalité, cela faisait des années que je ne fêtais plus mon anniversaire. Je n'en avais pas les moyens et plus l'envie. Pourtant, chaque année, j'étais heureuse et j'espérais que quelque chose se produise le jour de mon anniversaire. Mais ce n'était jamais le cas.

Cette année, c'était différent. Je savais que ce jour serait spécial car je ne serais pas seule. Il serait là.

Tom m'avait parlé d'un évènement qui devait avoir lieu le mois prochain. Comme chaque année, avec sa fondation, ils organisaient une œuvre caritative en faveur des enfants dans le besoin. Tout le gratin était invité.

Tom souhaitait absolument que je l'aide à trouver sa tenue pour cette soirée spéciale. Plutôt étrange pour un homme qui avait l'habitude des stylistes, des maquilleurs…

Je m'interrogeais sur les raisons de ma présence. Mais peu importait. Peut-être qu'il voulait simplement un avis extérieur ?

C'était mon jour de repos et cela tombait bien car la journée semblait chargée selon lui.

Tom m'avait donné rendez-vous et il était hors de question d'être en retard.

Comme d'habitude, je m'occupais de ma mère. Je l'aidais à s'habiller et à prendre son petit déjeuner. Mais avant de filer me préparer, elle me souhaita un bon anniversaire et me donna un baiser sur la joue.

Malgré nos difficultés, elle n'oubliait jamais ce jour.

J'eus à peine le temps de passer sous la douche, d'enfiler mes vêtements et de me maquiller en quatrième vitesse, qu'il était déjà arrivé.

Mon téléphone ne tarda pas à sonner.

— Allo Abigaëlle, je suis en bas.

— Oui Tom, je suis prête. Je descends. À tout de suite.

À mon grand étonnement, il n'était pas avec son chauffeur. Il m'attendait près de cet arbre qui était devenu notre lieu de rendez-vous. Et il patientait à l'extérieur, appuyé contre une grosse berline, encore une autre…

Très impressionnée, je regardai le véhicule car c'était une grosse voiture un peu comme celle de Simon, son chauffeur.

— Bonjour !

— Bonjour Abby. J'espère que je ne vous ai pas bousculée. S'il savait…

— Non, j'étais debout depuis bien longtemps.

— Je vous remercie de m'accompagner.

— Aucun problème. Mais où allons-nous ?

— Je vous dirais tout cela en chemin si ça ne vous dérange pas.

— OK comme vous voudrez.

— Très bien, alors en route.

Je montais dans la berline et observais le tableau de bord et tout ce qui se trouvait là.

Nous partîmes.

— Et sinon ? Quel est le programme ?

— Je passe chez le tailleur pour mon costume. Ensuite, si ça ne vous dérange pas, nous irons faire d'autres boutiques. J'aurais besoin de votre avis sur deux ou trois détails.

— D'accord. Je vous suis.

Nous prîmes la direction des quartiers chics. En temps normal, je n'y aurais jamais mis les pieds.

Ce monde n'était pas le mien.

Tom se gara devant la boutique « *Arthur & Spencer* ».

C'était bien la première fois que je voyais un endroit pareil. J'étais déjà persuadée de ne pas être à ma place.

Nous fûmes reçus par un homme d'un certain âge et très élégant.

— Monsieur Prescott ! Quel plaisir de vous revoir. Madame, fit-il d'un signe de tête.

— Bonjour Marc ! Je suis venu pour le gala.

— Oh… Évidemment ! Je vous prie de me suivre.

Tom lui sourit.

Nous nous dirigeâmes vers l'arrière-boutique qui en réalité était une sorte de salle d'attente pour les riches. Cet endroit était très somptueux. Des Chesterfield en cuir, de la moquette au sol, des tapisseries au mur. J'avais l'impression d'être au Rosebury.

— Désirez-vous un thé ou un café ?

— Non, ça ne sera pas nécessaire.

— Très bien. On va venir s'occuper de vous dans quelques instants.

— Merci Marc !

Je fis le tour du propriétaire et observais en détail cette pièce.

— Et bah ! Ils ne font pas semblant.

— Le luxe est un privilège, me répondit Tom.

Nous eûmes à peine le temps de discuter qu'un autre homme, aussi raffiné que le premier, fit son entrée.

Nous nous saluâmes. Puis à son tour, l'homme nous fit traverser une autre pièce.

J'étais entourée de costumes et d'accessoires plus chics les uns que les autres.

Le vendeur s'éloigna quelques instants près du comptoir. Il récupéra son mètre, son bracelet porte épingles et d'autres babioles.

Je l'observai quand soudain, je fus attirée par autre chose.

Sur le mannequin devant moi, mon regard se posa sur une petite étiquette avec une inscription dont je demandais très discrètement à Tom sa signification.

— « 12 000 » … C'est le nombre de costumes en stock ?

— Non, 12 000 c'est son prix !

— …

Mon sang ne fit qu'un tour. J'en restai bouche bée.

Et dire que je trimais pour me payer un misérable café, tandis que d'autres avaient les moyens de se payer un costume à ce prix-là.

Tom se mit à rire. Il se lança aussitôt dans une petite explication.

— En général, quand c'est du sur-mesure, ils n'affichent pas les prix. Mais je vous assure que j'ai déjà vu bien plus cher que ça.

— Quel intérêt ?

— Entre nous, je n'en vois aucun. Mais surtout ne dites pas que je vous ai dit ça. Ma costumière ne serait pas ravie de l'entendre ! me dit-il, amusé.

L'homme revint enfin. Il s'attela à prendre les mesures de Tom. Puis ils choisissaient ensemble les couleurs et les motifs. Et à chaque fois, Tom comptait sur moi pour que je lui donne mon avis. J'étais plutôt amusée par cette situation. C'était bien la première fois que cela m'arrivait.

Le tailleur était assez minutieux. Son objectif était de faire en sorte que Tom rayonne lors de cette fameuse soirée. Rien ne devait être laissé au hasard, car une vulgaire faute de goût aurait très bien pu lui coûter sa réputation.

Après plus d'une heure, nous repartîmes. Il devait repasser dans quelques jours afin de récupérer son costume.

Lorsque midi arriva, nous déposâmes nos sacs dans la voiture. J'étais persuadée que nous avions terminé, mais il insista pour que nous fassions une pause dans cette cafétéria.

Comme d'habitude, cet endroit n'avait rien à voir avec tous ceux que je connaissais.

Une personne nous accueillit et se chargea aussitôt de nous installer. J'observai tout autour de moi. J'avais encore cette impression de ne pas être à ma place.

Tout comme lui, je saisis la carte.

— Qu'est-ce que vous voulez manger ?

À vrai dire, je n'en avais aucune idée. J'étais bien trop occupée à détailler scrupuleusement cette carte et surtout les prix. Mais ça, je crois que Tom l'avait bien compris.

— Je ne sais pas encore.

Je sentis qu'il était en train de m'observer, mais je fis comme si de rien n'était.

— Ne me dites pas que vous êtes en train de chercher ce qui est le moins cher ?

En entendant cela, j'eus si honte que je ne sus pas où me mettre.

— Pas du tout ! Je ne connais pas alors je prends le temps de lire tout ce qui est écrit.

— Évidemment… Prenez ce qui vous fait plaisir, c'est moi qui offre.

— Comme d'habitude… marmonné-je.

Il esquissa un sourire.

La serveuse prit notre commande.

Il choisit une salade, alors je décidai de le suivre.

— Une salade, ça sera très bien.

Je refermai la carte aussitôt.

— Certaine ?

— Oui !

Le temps de manger un morceau et nous repartîmes.

Notre journée shopping était loin d'être terminée. Il fallait ensuite trouver les accessoires qui feraient la différence. Et pour cela, il m'avait emmenée dans plusieurs boutiques. C'était si agréable d'être à ses côtés. Moi qui appréhendais cette journée, je ne fus pas déçue.

Mais ces essayages tournèrent vite à l'amusement. Et à chaque fois que nous tombions sur un accessoire qui nous plaisait ou qui était assez hilarant, nous en profitâmes pour faire un passage en cabine d'essayage.

Et à chacun de ses passages, je crois que n'avais jamais autant ri de toute ma vie.

Si je l'écoutais, j'aurais dû acheter tout ce qui me plaisait. Mais il en était hors de question. Je n'allais sûrement pas commencer à profiter de lui. Je ne cédai pas à la tentation, même si tout me plaisait énormément.

Il était environ seize heures et je pensai qu'il était temps de rentrer, mais visiblement, il ne comptait pas en rester là. Pourtant, il m'avait assuré quelques instants plus tôt qu'il en avait terminé.

Nous montâmes dans la voiture et prîmes la direction des boutiques de luxe très connues situées de l'autre côté de cette rue.

— Qu'est-ce qu'on fait là ? Je croyais que vous aviez terminé ?

— Moi oui, maintenant c'est votre tour !

— Pardon ?

— Vous êtes mon invitée au gala !

— Quoi ? Mais non !

— Vous n'allez pas refuser ? Vous n'allez pas me laisser y aller seul ?

— Mais Tom, je ne peux pas y aller ! Vous me prenez au dépourvu. Je ne sais pas quoi dire.

— Je sais que j'aurais dû vous en parler, mais vous connaissant, vous n'auriez jamais accepté.

— Ça, c'est sûr !

Dès l'entrée, je ressentis un profond malaise. J'eus l'impression que tous les regards étaient braqués sur nous. Qu'est-ce qu'une fille comme moi faisait ici ?

Une jeune femme, plutôt jolie et vêtue d'un tailleur jupe, s'avança vers nous.

— Monsieur Prescott, ravie de vous revoir !

— Merci Mélissa.

Tiens ! Il connaissait même son nom.

— Que puis-je faire pour vous ?

— Si vous pouviez vous occuper de madame. Elle a besoin d'une robe pour le gala.

Et pendant que j'observais les robes, je l'entendis rajouter :
« Trouvez-lui la plus belle robe. ».

Les prix affichés sur les mannequins me donnaient la migraine rien que de les voir.

Quant à Tom qui me zieutait, il ne pouvait s'empêcher de se moquer de moi.

— Vous croyez que je ne vous ai pas entendu ?

— De quoi parlez-vous ?

— Ce que vous avez dit à cette femme tout à l'heure.

— Oh ça…

— Je n'ai pas besoin d'être la plus belle à cette soirée, vous savez.

— Si ! Vous le méritez.

Ses paroles me laissèrent sans voix.

Nous nous lançâmes dans une multitude d'essayages. Et je n'avais tellement pas l'habitude de porter ce genre de robes que j'étais émerveillée devant chacune d'elle. Ce qui n'était pas le cas de Tom qui était assis dans ce fauteuil.

À chaque fois que je ressortais de la cabine, il ne semblait pas plus convaincu que cela.

Peut-être avait-il l'habitude de voir ce type de vêtements ? Ce qui devait lui faire ni chaud ni froid. Ou peut-être avais-je l'air d'un horrible boudin, si bien qu'il n'osait rien me dire ? Il préférait garder le silence et passer à la suivante.

— Alors ? Vous en pensez quoi ?

Mais là, en ressortant de la cabine, son regard resta figé sur moi. Il se redressa.

— Celle-là ! dit-il avec admiration.

C'était une robe bustier avec des perles et des diamants. Le jupon était fabriqué dans une sorte de tulle avec un dégradé de bleu.

On pouvait dire que cette robe lui avait fait de l'effet.

Nous passâmes de l'autre côté du magasin afin de choisir les chaussures et accessoires.

J'étais tout aussi enchantée à l'idée de porter ces créations. Tom veillait évidemment à ce que tout soit en parfait accord avec ma tenue.

Le choix était vite fait car je n'étais pas difficile. Et puis, ce n'était pas moi qui payais alors je ne voulais pas abuser de sa gentillesse. Plusieurs fois, il essaya tout de même de me tenter, mais je résistai.

La vendeuse prépara nos paquets, puis nous fûmes attendus en caisse. Tom prit les devants et dit à la femme : « Mettez ça sur ma note ! ».

À en croire ce qu'il venait de dire, il devait souvent faire des achats ici.

Je ne saurais jamais le prix de cette robe et tant mieux ! Ce n'était pas plus mal comme ça, car j'étais à peu près certaine que son prix m'aurait tourmentée encore une fois.

Après plus d'une heure, nous quittâmes enfin les lieux.

Une fois dans la voiture, je ne pus m'empêcher de lui poser cette question qui me travaillait l'esprit depuis tout à l'heure :

— Pourquoi j'avais l'impression qu'à part la dernière, aucune de ces robes ne vous plaisait ? J'étais si horrible que ça ?

— Pas du tout ! Vous étiez merveilleuse dans toutes ces robes. Je voulais juste trouver celle qui vous mettrait le plus en valeur. Il y aura de nombreuses personnalités et la presse sera également présente. Croyez-moi, vous ne passerez pas inaperçue.

Visiblement, lui aussi avait le souci du détail. Ce qui n'était pas mon cas. À mon sens, n'importe laquelle de ces robes aurait fait l'affaire.

Super, il ne manquait plus que ça... Une femme de ménage aux côtés de Tom Prescott. Avec ça, c'est sûr que son image n'aurait pas pris un sale coup ! Ne se rendait-il pas compte de ce qu'il était en train de faire ?

Cette journée nous avait épuisés, mais malgré cela, nous décidâmes de regagner son appartement pour passer la soirée ensemble.

Rien de tel qu'une bonne soirée cinéma et quelques plats chinois pour terminer la journée en beauté !

Là encore, j'étais si bien à ses côtés que je n'avais plus envie de repartir.

Plus tard, il finit par me raccompagner. Et comme je lui avais demandé, il me déposa à quelques mètres du bâtiment.

— Merci pour cette journée. C'était un plaisir de faire du shopping en votre compagnie, me dit-il.

À cet instant, il repensa à son ex-petite amie avec qui il avait l'habitude de faire les magasins. Il se rendit compte qu'il avait eu affaire à deux types de femmes. L'une qui n'hésitait pas à faire flamber sa carte bleue pour assouvir ses caprices d'enfant gâtée et l'autre qu'il aurait fallu presque supplier pour qu'elle ressorte du magasin avec quelque chose. C'était bien la première fois qu'il voyait ça.

— Merci à vous ! Vous m'avez vraiment gâtée. Jamais je n'aurai pu me payer tout ça.

— Ne me remerciez pas.

J'esquissai un sourire. Je n'osai pas lui répondre.

— Bon, eh bien…

Nous fûmes aussitôt interrompus par Tyler et sa petite bande.

— Hey ! Salut Bee, m'sieur Prescott, fit le gosse.

— Mais qu'est-ce que vous faites là à cette heure-ci ?

— On sort du basket.

— À vingt-deux heures ?

— Rooh ça va, relax Bee. On rentre, là.

— J'espère bien !

Je les regardai s'éloigner d'un air désespéré.

— Eh bien, quelle autorité, lança Tom. « Bee » comme une abeille ?

— Oui, c'est comme ça qu'ils m'appellent dans la cité. Et pour l'autorité, ce n'est pas vraiment ça. Je n'aime pas voir ces gamins dans la rue. Ils sont jeunes et, pour la plupart, livrés à eux-mêmes. Je voudrais tellement les sortir de là, qu'ils voient autre chose… Je ne comprends pas pourquoi leurs parents les laissent faire. Mais bon, peut-être qu'un jour je comprendrais quand ça m'arrivera…

Tom ne répondit pas, mais il esquissa un sourire. Comme si ce que je venais de lui dire l'avait touché.

Mais alors que je le pensais déjà loin, le gamin se retourna vers moi. Et au loin, il me dit à haute voix.

— Ah ! Au fait… Bon anniversaire Bee !

— Merci Ty, je répondis en souriant. Maintenant, rentre !

— Roooh !

Tom me lança un petit regard d'incompréhension.

— Bon anniversaire ? Ne me dites pas que c'est votre anniversaire et que nous n'avons même pas fêté ça ?!

Je baissai la tête une seconde.

— …

— Pourquoi vous n'avez rien dit ?

— Je ne fête plus mon anniversaire depuis bien longtemps. C'est juste devenu un jour comme un autre.

— Un jour comme un autre ? C'est très triste de dire ça.

— …

— Ne vous en faites pas, on va remédier à tout ça.

— Non, ce n'est pas la peine. Je crois que vous en avez assez fait.

— J'insiste.

— Très bien, alors on verra ça plus tard. Maintenant, il faut que je rentre.

— D'accord, je vous laisse tranquille pour ce soir. Dormez bien Abby.

— Bonne soirée.

Et comme à chaque fois qu'il me raccompagnait, il m'observait partir et attendait que je franchisse l'entrée du bâtiment pour démarrer.

Chapitre 13

Chaque année était organisé un important gala de charité au profit des enfants défavorisés.

Environ trois-cent personnes venues des quatre coins du globe étaient attendues. Un grand nombre de personnalités telles que des artistes, des politiciens ou encore des personnes très puissantes.

Tom était l'un des fondateurs de ce gala de charité. C'était le lieu où de nombreux et généreux donateurs pouvaient également apporter leur contribution.

Il ne pouvait rater une seule de ces manifestations car, avec sa fondation, lui aussi s'était donné pour mission d'aider les enfants les plus démunis.

D'ailleurs, c'était plutôt un homme de terrain. Il parcourait le monde entier pour aider ces enfants dans ses missions humanitaires. Il connaissait les difficultés de ces populations mieux que quiconque.

Avec sa fondation, ils œuvraient pour leur apporter un soutien en termes de nourriture, de soins, d'éducation, de matériel scolaire, de vêtements, d'intégration… etc.

Il m'avait invitée à cette soirée. Simon, son chauffeur, était venu me chercher pour me conduire là-bas.

Heureusement qu'il faisait très sombre car, vêtue de la sorte, il était certain que je ne passerais pas inaperçue en dehors de chez moi.

Je portais cette robe bustier qu'il m'avait offerte. Quant au maquillage et à la coiffure, il m'avait demandé de me rendre plus tôt dans un salon de beauté que de nombreuses célébrités avaient l'habitude de fréquenter.

J'étais coiffée d'un énorme chignon et le maquillage dans des tons noir et doré était tout aussi splendide.

Je me croyais un instant au milieu de tous ces gens du Rosebury. J'avais l'impression d'être comme eux. Tout le monde dans ce salon était aux petits soins pour moi. Une véritable princesse.

Je nageais en plein rêve. Et pour être honnête, je me demandais à quel moment j'allais me réveiller.

Vers vingt heures, Simon me conduisit au gala de charité situé dans un quartier chic.

Il m'ouvrit la porte et me tendit sa main. En descendant de la voiture, j'observai cet endroit avec des étoiles dans les yeux. Encore une fois tout était illuminé.

Je donnai mon nom au vigile à l'entrée puis je suivis la foule.

J'entendis de la musique dans ce couloir, mais je ne pouvais encore voir ce qui se passait à l'intérieur.

Lorsque quelques secondes plus tard, nous arrivâmes enfin.

Je fus à nouveau sous le charme de cet endroit. J'eus l'impression d'être comme une enfant un soir de Noël.

Je détaillai scrupuleusement la salle. Ce qui se trouvait sous mes yeux était magnifique. De la décoration en passant par le buffet ou encore l'orchestre et même au niveau de l'ambiance. On aurait dit que rien n'avait été laissé au hasard. La décoration était encore plus belle qu'à son anniversaire. Et il y avait tellement de monde.

Je fis quelques pas et observai les personnes autour de moi. Je reconnus parmi elles de nombreuses personnalités. Tous ces gens étaient en train de discuter, de rire, de s'amuser. Et moi, comme d'habitude, je ne me sentais pas à ma place. Mais peu importait, j'étais là pour Tom et rien d'autre. Il avait insisté pour que je sois présente à cette soirée alors je ne voulais surtout pas le décevoir.

D'ailleurs, depuis mon arrivée, je le cherchais. En vain.

La salle était si vaste et tellement bondée qu'il m'était impossible de le retrouver.

L'un des fondateurs de ce gala de charité prit alors la parole sur l'estrade. Nous l'écoutâmes. Je me plaçai contre un mur non loin d'un immense rideau en velours.

Il remercia les convives de leur présence et nous souhaita à tous de passer une excellente soirée.

À la fin de son discours, je décidai d'aller chercher quelque chose à boire et à grignoter. Mais en approchant du buffet, un homme vint me faire la conversation. L'homme était très courtois et semblait plutôt de bonne compagnie.

Je commençai tout juste à apprécier sa compagnie quand soudain, la voix de Tom surgit derrière moi.

— Bonsoir Abigaëlle… Bonsoir David et merci d'être venus.

— Oh ! Bonsoir Tom… je répondis avec ce petit sourire.

— Bonsoir. C'est toujours un plaisir d'être là mon cher Thomas, répliqua l'homme.

Les deux hommes se lancèrent dans une petite discussion au sujet du gala. Et en quelques secondes, il évinça gentiment l'homme qui se retira.

Il prit aussitôt la parole.

— Je vous ai cherché partout ! J'ai bien cru que vous ne viendriez pas.

— Figurez-vous que moi aussi je vous ai cherché partout ! Mais vous avez vu tout ce monde ?

Il se mit à rire.

— Je vous l'accorde, ce n'est pas évident de retrouver quelqu'un à travers toute cette foule. Alors je propose que nous restions ensemble.

— Euh… ensemble ?

— Oui ensemble. Sauf si vous préférez tenir compagnie à quelqu'un d'autre…

— Oh non, ça sera très bien.

Et il avait dit vrai car il ne m'avait pas lâchée de la soirée. Les gens venaient nous saluer. Il me présentait du monde, mais depuis que j'étais arrivée, il était resté à mes côtés.

Peut-être qu'il avait compris que je me sentais seule pendant sa soirée d'anniversaire et qu'il ne voulait pas que je parte ?

Alors, après quelques serrages de mains, des rires et plusieurs coupes de champagnes en trop, nous décidâmes de regagner l'un des balcons où un petit jardin extérieur nous attendait.

Je sentis qu'il m'observait, mais je préférai faire comme si de rien n'était. Le ciel était étoilé et une légère brise nous caressa, mais, vu notre état, elle fut tout à fait la bienvenue.

— Vous êtes vraiment magnifique, dit-il en observant l'horizon avant de se tourner vers moi.

— Merci, dis-je, gênée.

— Je ne sais pas si vous avez remarqué, mais j'ai l'impression que tous les regards sont braqués sur vous ce soir.

— Vraiment ?

— En même temps, il y a de quoi…

Ses paroles me mirent mal à l'aise, mais je devais garder mon sang-froid, ce n'était pas la peine de s'emballer. Il n'était pas en train de me faire une déclaration non plus.

— D'ailleurs, j'ai failli oublier…

Je lui lançai un regard curieux.

— Quoi donc ?

— J'ai quelque chose pour vous.

— Pour moi ?

Il saisit une boîte dans la poche interne de sa veste et me la tendit.

— Tenez.

— Mais qu'est-ce que c'est ?

— Ouvrez, dit-il en souriant.

J'ouvris le petit coffret. Quelle ne fut pas ma surprise lorsque je découvris un collier magnifique ! Il était assorti aux pierres incrustées sur ma robe.

— Tom…

— J'espère qu'il vous plaît.

Je l'observai avec une certaine émotion.

— Bien sûr, mais ce n'était pas la peine. Vous en avez déjà assez fait comme ça. Pourquoi m'offrez-vous ce collier ?

— Je ne pouvais pas faire l'impasse sur votre anniversaire.

— Vous êtes sérieux ? Je vous ai dit que ce n'était pas la peine.

— Je sais, mais je me suis dit aussi qu'il irait bien avec votre tenue.

Je relevai un sourcil. Cette excuse…

— Mais bien sûr … En tout cas, vous avez l'œil, répondis-je, amusée.

— Pour ce genre de chose, c'est vrai, lança-t-il joyeusement.

— Il est vraiment magnifique, mais il ne fallait pas. Je suis très gênée maintenant. Je ne peux pas accepter.

— Et moi, j'insiste.

J'étais si embarrassée.

Il prit les devants et saisit le collier en me demandant de me retourner.

J'acquiesçai.

Il plaça le bijou autour de mon cou. Et une fois revenue face à lui, il m'observa avec ce regard qui en disait long… Il esquissa un sourire, mais préféra garder le silence.

Nous regagnâmes ensuite la salle où il m'invita à danser.

Grant nous rejoignit et me tint compagnie car, comme les autres organisateurs de cette soirée, Tom dut prendre la parole un peu plus tard. Il s'exprima extrêmement bien. Je fus très fière de lui.

Il évoqua ses différents séjours à travers le monde et l'importance d'aider les enfants. Il sembla ému de raconter ses aventures et remercia tous les invités d'être présents à ce gala ainsi que tous les généreux donateurs.

Son discours prit fin, je le regardai quitter la scène sous les applaudissements quand tout à coup, mon regard se posa sur un homme situé quelques mètres devant moi.

Soudain tous mes souvenirs refirent surface. J'en fus paralysée. Mon cœur se mit à palpiter très rapidement. Je crois bien que mon passé était en train de me rattraper.

Je m'excusai auprès de Grant et quittai mon emplacement rapidement.

Je cherchai la sortie à tout prix, mais l'endroit était si grand que je me perdis rapidement et empruntai une mauvaise direction. Toutes ces entrées se ressemblaient. Je voulais juste quitter cet endroit sans me faire remarquer. Mais très vite, la panique s'installa, lorsque j'arrivai dans une grande véranda qui fut en réalité un cul-de-sac. Tout était vitré autour de moi et très fleuri.

Je m'apprêtai à faire demi-tour lorsque Tom fit son entrée. Visiblement, il m'avait suivie.

— Abby ? Grant m'a dit que vous étiez partie précipitamment. Où allez-vous ?

— Tom, je suis désolée, je ne peux pas rester. Je…

Il s'approcha de moi comme pour me rassurer.

— Mais que se passe-t-il ?

— Je ne peux pas vous expliquer. Je dois…

Soudain, une voix que je reconnus immédiatement retentit juste derrière lui.

— Monsieur Prescott, il est temps pour nous d'y aller. Je voulais vous saluer avant de partir.

Je restai figée. Inquiète, je le fixai droit dans les yeux avant de jeter un coup d'œil par-dessus son épaule. Tom s'écarta.

Deux hommes firent leur apparition. Je ne sus plus du tout comment réagir.

Après quelques secondes, je décidai de la jouer « poker face ». Mais au fond, j'étais très déstabilisée par leur présence.

— Mademoiselle Saint-Clair ! Quelle surprise, fit l'homme.

— Doyen Banks ?!

— Quelle joie de vous revoir !

— Tout le plaisir est pour moi, monsieur. Je ne savais pas que vous seriez présent.

— Je dois dire que j'ai été invité à la dernière minute. Et pour ne rien vous cacher, je n'avais pas l'intention de venir. Avec les examens de fin d'année, comprenez que mon emploi du temps est très chargé.

— Je comprends.

— En général, c'est monsieur Robinson qui se charge de représenter l'Université de Forks à toutes ces œuvres caritatives, dit-il en montrant l'homme qui se tenait à ses côtés. Vous n'êtes pas sans savoir que nous mettons un point d'honneur à y participer chaque année.

— Je le sais bien, monsieur.

— Et c'est tout à votre honneur. Merci infiniment monsieur le Doyen, rajouta Tom avec un sourire.

L'homme se mit à rire avant de poursuivre.

— À ce propos, Georges, je vous présente l'une de mes plus brillantes élèves de l'époque. Mademoiselle Saint-Clair excellait véritablement dans tous les domaines.

— Merci monsieur. C'est très gentil.

— Enchanté, fit l'homme. Étudier à Forks est un honneur. Je ne doute pas que ce cher Richard vous ait apprécié, lança-t-il avec un sourire.

Mais il n'en avait pas terminé avec moi. Et il était évident que cette question n'allait pas tarder à surgir.

— Et que faites-vous à présent ?

Comment lui dire la vérité ? Il n'aurait clairement pas apprécié.

Il y eut quelques secondes de silence, puis je lui sortis le premier mensonge qui me vint à l'esprit.

— Je travaille dans l'hôtellerie, monsieur.

— Oh… je vois. Et dans quel secteur ? Gestion ? Management ?

Tom me lança un petit regard. Qu'aurait-il pensé de moi si je n'avouais pas la vérité au Doyen ?

Il aurait sûrement été déçu, mais je ne pouvais pas risquer de décevoir le Doyen.

— Ressources humaines…

Tom se retourna vers moi à nouveau. Il baissa ensuite la tête vers le sol. J'étais si mal.

— Intéressant… s'étonna-t-il.

J'étais persuadée qu'il n'avait pas avalé un mot de ce que je venais de lui dire.

— En tout cas, c'est toujours un plaisir de rencontrer d'anciens étudiants de Forks. D'ailleurs, si le manager de monsieur Prescott n'avait pas autant insisté pour que je sois présent, je ne serais probablement pas parmi vous ce soir.

Je tournai la tête vers Tom. Il était donc au courant ! C'était sûrement un piège. Comment avait-il su pour Banks ?

— Merci d'avoir accepté notre invitation Doyen Banks, dit Tom.

— Je vous en prie. Vous devez sûrement savoir que je ne suis pas très friand de ce genre de mondanités, mais on ne va pas se mentir, c'est tout de même une très belle soirée.

— Je suis bien d'accord avec vous monsieur, rajouta Tom avec un grand sourire.

— Bon, eh bien, quoi qu'il en soit, j'ai été ravi de parler avec vous, Abigaëlle. J'espère que nous aurons l'occasion de nous revoir.

— Sûrement, je rajoutai avec un petit sourire déguisé.

Ils finirent par nous saluer et firent demi-tour pour regagner la salle.

Un sentiment d'amertume m'envahit soudain. Je me retournai immédiatement vers Tom.

— Vous étiez au courant ?! C'est pour ça que vous teniez tant à ce que je vienne à cette soirée, n'est-ce pas ?

— Abigaëlle…

— Pourquoi n'avoir rien dit ?

Les larmes commencèrent à monter.

— Je voulais vous faire une surprise.

— La prochaine fois, abstenez-vous de ce genre de surprises !

J'étais si furieuse que je ne perdis pas une minute et décidai de le planter à cet endroit.

J'attrapai une coupe de champagne au passage et me rendis de l'autre côté de la salle de réception. La villa était bordée de jardins. J'avais besoin de m'isoler pour me remettre de mes émotions.

Et dire que je n'avais pas revu cet homme depuis des années. J'en fus bouleversée. En un instant, je vidai la coupe.

Il fallait que je me calme. J'étais très en colère que Tom m'ait caché la présence du Doyen à cette soirée et d'un autre côté, j'étais très heureuse de le revoir.

Il m'avait tout de même mise dans une situation embarrassante.

Une vingtaine de minutes plus tard, sa voix retentit derrière moi.

— Abigaëlle, je regrette de ne pas vous avoir prévenue.

Je fixai l'horizon. J'avais tellement honte.

— Vous auriez dû ! Vous savez ce que ça m'a fait de devoir lui mentir sur ma situation ?

— Je suis bien conscient que ça n'a pas dû être facile pour vous. Mais je n'ai pas voulu vous blesser. Je vous le jure.

Je me retournai vers lui, les larmes aux yeux.

— Alors c'était quoi le projet ? M'humilier ? Me rappeler cette vie que j'ai vécue autrefois ? Me faire comprendre que j'ai été stupide parce que je n'ai pas su saisir cette opportunité ?

— Abigaëlle…

— Vous avez raison ! Parce que dans le fond c'est exactement ce que je ressens ! J'ai honte de moi et je regrette cette époque. Mais maintenant c'est trop tard !

J'essuyais une larme qui s'écoulait sur mon visage.

Tom s'approcha de moi.

— Il n'est jamais trop tard ! Et je peux vous aider. Mais c'est impossible si vous ne me dites pas ce qui s'est passé.

— Je ne peux pas. Et ça ne sert à rien de remuer le passé.

— …

— Vous m'excuserez, mais il faut que j'y aille !

Je décidai de quitter les lieux, mais Tom saisit mon bras et me força à l'écouter. Il s'approcha un peu plus près.

— Je ne veux pas que vous partiez.

Je l'observai droit dans les yeux.

— Ah oui ? Et pourquoi ?

— Parce que j'ai besoin de vous. Parce que je ne désire plus que vous et que je ferais absolument tout pour vous…

J'en restai sans voix. Je ne m'attendais certainement pas à une telle déclaration.

Il saisit ma main et m'approcha de lui. Nous finîmes par nous embrasser.

Je n'avais jamais ressenti cela auparavant. Plus rien n'existait autour de nous. J'étais si bien, blottie contre lui.

Pourtant, quelques secondes plus tard, cette maudite voix intérieure me rappela rapidement à l'ordre.

— Tom, je…

— Abigaëlle, je vous en prie…

— Je ne peux pas. Je suis désolée, dis-je en pleurs.

Là, j'eus l'impression que nous avions franchi une étape de plus et j'en fus terrifiée. Je décidai de l'abandonner pour de bon. Je récupérai mes affaires et quittai l'endroit à toute vitesse.

Chapitre 14

Quelques années plus tôt…

Port-Agathe – Quartier résidentiel des Faubourgs Sainville

Un homme d'affaires très important rentrait tardivement chez lui.

Il faisait sombre et il n'y avait pas un bruit.

L'homme pénétra dans la somptueuse demeure et déposa ses affaires à l'entrée. Il alluma une faible lumière et se dirigea vers le bar.

Une voix retentit derrière lui.

— Bonsoir.

Il releva la tête aussitôt.

Depuis plusieurs heures, son épouse l'attendait sur le canapé dans la noirceur la plus totale. En entrant, il n'avait pas dû remarquer sa présence.

— Salut…

— Tu rentres encore tard.

— J'avais beaucoup de boulot.

La femme qui était assise dans le sofa déposa son magazine et se leva précipitamment.

— Tu ne crois pas qu'il faut qu'on parle ?

— Parler de quoi ?

— De nous par exemple !

— Pas ce soir, je suis fatigué.

— Très bien. Eh bien, ça tombe mal parce qu'on va avoir cette discussion que tu le veuilles ou non.

L'homme dénoua sa cravate et déboutonna sa chemise avant de se diriger vers la salle de bain.

— Je vais prendre une douche !

Mais la femme le poursuivit.

— Tu vas m'écouter parce que je commence sérieusement à en avoir marre !

— Laisse-moi !

Alors qu'il lui tournait le dos, celle-ci rentra dans le vif du sujet.

— C'est qui Jenifer ?!

Il s'arrêta aussitôt.

— Je ne vois pas de qui tu parles !

— Celle qui te harcèle sur ton téléphone et qui t'envoie tous ces messages. Celle qui n'a pas osé parler quand j'ai décroché ton téléphone la dernière fois. Celle avec qui je t'ai surpris à vous embrasser dans ta voiture. Je suppose que le fond de teint que j'ai trouvé sur ta chemise lui appartenait également.

Il se retourna enfin.

— Tu as vraiment fouillé dans mes affaires ? Tu m'espionnes maintenant ?

— J'en suis arrivée là, oui.

— …

— Tu vois quelqu'un d'autre, n'est-ce pas ? Sois honnête pour une fois.

Il esquissa un sourire.

— Qu'est-ce que ça peut te foutre ?

— Je te rappelle qu'on est encore mariés.

— Tu parles d'un mariage ! Il ne passe plus rien entre nous. On ne couche même plus ensemble !

— À qui la faute ? Il me semble que c'est à cause de toi et de tes grands rêves si nous en sommes là !

— …

— Tu vois quelqu'un oui ou non ?

— Oui ! T'es contente ?

— Et ça dure depuis combien de temps ?

— Presque un an.

— Un an ?

Les larmes envahirent les yeux de la femme qui ne put se contenir.

L'homme s'approcha d'elle et tenta de la serrer dans ses bras, mais elle ne le laissa pas faire.

— S'il te plaît… Je sais que j'ai merdé. Je sais que je fous tout en l'air…

— Lâche-moi !

— Eve…

— Comment as-tu pu me faire ça ? Je te faisais confiance ! Je croyais en toi.

Il tenta de se justifier à sa manière.

— Arrête cette hypocrisie. Tu vois bien que notre mariage bat de l'aile depuis longtemps ! Tu t'attendais à quoi d'autre ?

— Que tu aurais eu la décence de me le dire en face !

— …

— Mais au lieu de ça, tu me trompais et tu vidais nos comptes en banque petit à petit. On vit l'enfer depuis que tu as fait faillite. On est sur le point de revendre notre maison et je me tue chaque jour à la tâche pour payer nos dettes pendant que toi, tu passes du bon temps ! Et tu comptais me prévenir à quel moment au juste ?

— Tu ne l'aurais jamais su…

Un sentiment d'amertume envahit la femme.

— Tu me dégoutes ! T'es vraiment devenu un sacré connard ! Comment as-tu pu en arriver là ?

— Tu sais quoi, j'en ai rien à foutre ! En fait, je m'en fous de ce que tu penses ! J'me casse !

Il se rhabilla et reprit ses affaires pour quitter les lieux quand la femme se positionna devant lui et l'empêcha de franchir la porte.

Elle devint comme hystérique et s'employa à jeter ses affaires sur le sol.

— Ah oui ? Et tu comptes aller où maintenant qu'on a tout perdu ?

— …

Mais alors que la situation s'apprêtait à dégénérer, leurs cris réveillèrent subitement leur enfant qui les rejoignit dans le salon.

— Pourquoi vous criez ?

L'homme préféra garder le silence.

— …

Tandis que la mère s'approcha de son enfant et s'empressa de calmer le jeu.

— Ce n'est rien mon cœur. Retourne te coucher. Ça va passer.

Elle lui donna un baiser sur le front tout en dévisagent son mari.

Université de Forks – Bureau du Directeur Banks

— Bonjour Doyen Banks. Vous vouliez me voir ?

— Oh oui c'est exact ! Bonjour Abigaëlle. Entrez !

— …

— Asseyez-vous.

— Merci.

— Si je vous ai fait venir, c'est parce que j'ai reçu hier une lettre que vous avez rédigée à mon attention. Je voulais m'assurer que ce n'était pas une plaisanterie… fit l'homme d'un air très sérieux.

Tout en serrant ses cahiers contre sa poitrine, Abigaëlle baissa les yeux. Elle se serait bien passée de cet instant bien embarrassant. Mais avec une certaine assurance, elle tenta de se justifier.

— Malheureusement, je crains que cela ne soit pas une plaisanterie, monsieur.

L'homme retira ses lunettes et observa fixement la jeune femme. Il jeta ensuite un œil déçu sur ses documents.

Après quelques secondes, il soupira et remit ses lunettes.

— Votre parcours est tout de même remarquable. Alors pouvez-vous me dire pourquoi l'une des plus brillantes élèves de Forks décide soudainement d'arrêter ses études ?

— Doyen Banks, ce que vous me dites me va droit au cœur, mais je ne peux plus continuer. Disons que les choses ont évolué. C'est un peu compliqué en ce moment.

Il baissa la tête vers son bureau tout en l'écoutant.

— Et que comptez-vous faire après cela ?

— Trouver un emploi.

Là, Abigaëlle sentit qu'elle en avait trop dit. L'homme ne put garder son sang-froid. Il montra aussitôt son mécontentement.

— Je trouve cette idée totalement insensée ! Vous êtes consciente que vous gâchez votre avenir ?

— Mais…

— Qu'est-ce qui a bien pu se passer pour que vous preniez une telle décision ?

— C'est une longue histoire…

— Que je serai ravi d'entendre !

— …

— Avez-vous eu un problème avec un autre étudiant ? Vous n'arrivez peut-être plus à suivre les cours ? Ou un problème personnel qui vous mine le moral ?

— Ça n'a rien à voir. Je m'entends très bien avec tout le monde et j'adore suivre les cours, monsieur.

— Très bien alors, je vous écoute.

Abigaëlle soupira. Même si elle appréciait le Doyen Banks, elle ne pouvait se confier sur ce qui l'empêchait de poursuivre ses études.

— Monsieur, je sais que cette idée ne vous plaît pas et j'ai beau chercher toutes les solutions possibles et inimaginables, je n'en trouve pas !

— Et moi, je refuse de vous voir gâcher votre avenir !

— …

— Que faire pour que vous changiez d'avis ?

— Rien, malheureusement.

— En êtes-vous certaine ?

— Certaine !

— Très bien, alors, qu'il en soit ainsi. Je ne vous cache pas ma déception, mais étant donné que votre décision est prise…

— Je suis désolée.

— Vous pouvez l'être. Pour être tout à fait honnête, j'avais misé sur vous. Au vu de votre dossier scolaire et des retours très positifs de vos professeurs, j'étais persuadé que vous ressortiriez major de votre promotion et que vous seriez promise à une belle carrière. C'est avec grand regret que je valide votre démission. Vous finirez la semaine et pourrez ensuite entamer une nouvelle vie…

— …

— Si vous n'avez plus rien à dire, vous pouvez disposer.

L'homme se replongea dans ses documents.

Abigaëlle se leva et ouvrit la porte. Elle s'apprêta à quitter la pièce, mais quelque chose l'en empêcha.

Elle se retourna une dernière fois vers l'homme qui était en train de signer des documents.

— Je suis désolée, Doyen Banks.

En entendant ces mots, il releva la tête et, le cœur serré, il l'écouta attentivement lorsqu'elle reprit.

— Je sais que je suis en train de faire une énorme bêtise, mais je veux que vous sachiez que j'ai énormément de respect pour vous. Forks a de la chance de vous avoir comme Directeur. Merci pour tout.

Même s'il fut très ému par ces mots, d'un ton sévère, le Doyen termina cette conversation.

— Bonne journée mademoiselle.

Centre hospitalier du Belvédère – Service de Chirurgie orthopédique et traumatologique

— Comment va-t-elle ?

— Tout d'abord, je veux que vous sachiez que nous avons fait tout notre possible pour…

— S'il vous plaît, Docteur, j'ai besoin de savoir. Comment va ma mère ?

— L'opération ne s'est pas déroulée comme nous l'avions espéré…

— Qu'est-ce que ça veut dire ?

— Elle ne pourra plus jamais remarcher et sa maladie progresse à grande vitesse.

— …

♡

Après cet évènement, je décidai de ne plus donner signe de vie. Je ne répondis plus aux messages et appels de Tom.

Je gardais un goût amer de cette soirée et je ne savais plus quoi penser de cette relation.

Il m'avait embrassée. Il était certain que nous avions franchi un cap, que nous n'étions plus amis et que Tom espérait plus.

Je n'étais pas contre car, depuis le début, je ressentais quelque chose pour lui, mais je voulais être sûre qu'il ne se trompait pas sur ses sentiments.

Il sortait d'une relation compliquée, je ne voulais pas servir de roue de secours.

De plus, j'avais du mal à digérer le fait qu'il ait invité le Doyen Banks dans mon dos.

Cela faisait un peu plus de quinze jours que je ne lui parlais plus. Mais dans le fond, il me manquait.

Je ne pouvais m'empêcher d'avoir un petit pincement au cœur à chaque fois que je lisais l'un de ses textos. Il semblait abattu que je l'ignore.

Je résistais tant bien que mal. Mais de retour au travail et lorsque je mis au courant Gloria de ce qui s'était passé, mon jugement changea du tout au tout.

Selon elle, je prenais les choses un peu trop à cœur. Tom était bienveillant et en aucun cas, il n'avait voulu me blesser.

Elle était persuadée qu'en invitant Banks à cette soirée cela m'aurait fait une sorte d'électrochoc qui m'aurait peut-être motivée à reprendre enfin mes études.

Quant à ce baiser, il n'avait pas cinquante-mille significations selon Gloria. Il était amoureux de moi.

Elle avait sûrement raison. D'ailleurs, elle ne cessait de me répéter qu'elle avait du « flair » pour ce genre de choses et qu'il était rare qu'elle se trompe.

Je décidai de me fier à son jugement.

♡

Je quittai le travail à bientôt vingt-et-une heures. Je pouvais enfin rentrer chez moi.

Lorsque je franchis les portes de mon bâtiment, les garçons me saluèrent dans le hall d'entrée.

L'un d'eux me lança au passage un « Bonne soirée… » avec un petit sourire en coin. Je ne compris pas pourquoi il m'avait dit cela. Ce n'était pas son genre.

Je pris l'ascenseur et, arrivée dans le couloir, je me stoppai net.

Il était là. Adossé contre le mur de mon appartement. Visiblement, il m'attendait.

Je compris mieux le fameux : « Bonne soirée… ».

— Tom ?! Qu'est-ce que vous faites là ? Comment êtes-vous entré ?

Il se redressa.

— Bonsoir, Abby. C'est votre ami Daryl qui m'a ouvert. Disons que nous avons sympathisé depuis la dernière fois. Un garçon tout à fait charmant… dit-il sur le ton de la plaisanterie.

J'avais envie de rire, c'était insensé. J'aimais beaucoup Daryl, mais il était tout sauf charmant. En même temps, Tom adorait jouer de l'ironie.

— Sérieusement ?

Il s'avança vers moi.

— Abby, il fallait que je vous voie. Nous devons parler.

— Je vous ai tout dit. Je crois que tout est clair, non ?

— Pas pour moi !

— …

Je saisis mes clés et m'apprêtai à ouvrir la porte.

Il s'approcha de moi.

— Abby, j'ai besoin de comprendre pourquoi vous m'évitez.

Je le regardai droit dans les yeux.

— Je vous ai déjà dit pourquoi !

— Je suis certain que vous ne pensiez pas tout ce que vous m'avez dit.

— Et pourtant… Vous devriez y aller maintenant.

— Je partirai, mais d'abord, laissez-moi entrer un instant pour discuter. J'ai vraiment besoin qu'on mette tout ça au clair.

— Pardon ? Vous laisser entrer ?

— Pourquoi pas ?

— Euh… parce que je n'habite pas seule. Ma mère est là.

— Oh… alors je serai ravi de faire sa connaissance.

— Non !

— …

— Enfin, je veux dire qu'il est tard et qu'elle doit sûrement dormir.

— Abby… fit-il avec un petit regard qui me fit fondre.

J'avais espoir qu'il change d'avis, mais il semblait déterminé.

J'attendis quelques secondes, mais rien.

Et puis tant pis ! Je soupirai et cédai.

— D'accord, mais attendez-moi une minute.

— Je ne bouge pas.

J'inspectai le salon. Les lumières étaient éteintes. Maman avait sans doute regagné sa chambre. Je posai mes affaires et j'allai rapidement m'en assurer.

Sa porte était entrebâillée. Je l'observai. Elle semblait dormir profondément.

Je revins à l'entrée.

— C'est bon. Venez. Mais pas un bruit.

— OK.

Je préférai ne pas allumer la lumière. Je ne voulais pas qu'il voit l'intérieur. Nos meubles de récupération n'avaient clairement rien à voir avec ceux de son appartement et son mobilier très coûteux. Et puis, je ne pouvais pas le recevoir dans le salon. L'appartement n'était pas très grand. Nous aurions forcément réveillé maman.

Nous prîmes la direction de ma chambre dans le plus grand silence.

— Je vous préviens, vous n'avez pas intérêt de rire ! lui chuchotai-je avant d'entrer.

— Je vous le promets.

Malgré cela, il fit tout le contraire.

Dans ma chambre, je commençai à rougir en voyant la tête de Tom.

Je refermai la porte derrière nous, mais lui, continuait à détailler chaque recoin de la pièce. Pour être tout à fait honnête, j'étais très mal.

Sur mes étagères, il y avait tout un tas de figurines de personnages de films et de jeux vidéo, de mangas, de romans et toutes sortes de bibelots. Il y avait également beaucoup de posters et des dessins fixés aux murs.

La grande majorité était à l'effigie de Tom car depuis ma puberté, il était l'un de mes acteurs préférés.

Même si la trentaine approchait à grands pas, ma chambre s'apparentait à une véritable chambre d'adolescente.

Il se retourna vers moi, visiblement amusé.

— C'est une sacrée collection !

— C'est le moins qu'on puisse dire…

— Et tous ces dessins, c'est vous qui…

— Oui, c'est moi ! Mais ce sont juste des gribouillages.

— Des gribouillages ? Je ne dirai pas ça. Vous avez vraiment du talent.

— Merci, répondis-je en souriant.

Je m'assis sur le lit. Il me rejoignit, mais sembla très gêné.

— Je suis désolé. Je n'aurais pas dû…

— M'embrasser ou inviter le Doyen Banks sans m'en parler ?

Il s'en amusa.

— Les deux. J'aurais dû vous prévenir qu'il serait présent. Et je n'aurais pas dû vous embrasser sans votre autorisation. Je me suis un peu trop emballé. Je pensais que vous ressentiez la même chose que moi…

— Et vous ressentez quoi exactement ? Parce que j'ai l'impression qu'il n'y a rien de réel dans tout ça.

— Vous embrasser n'était pas réel ?

— Non ! Parce que vous m'avez embrassée sur un coup de tête. Vous ne ressentez pas vraiment quelque chose pour moi. C'était juste impulsif.

— Vous vous trompez !

— …

— Abby, je sais que j'ai mal agi, mais je veux que vous compreniez que je ne veux que votre bonheur. Je pensais que de le revoir vous aurait fait plaisir. Et si je vous ai embrassée, c'est parce que je ressens beaucoup plus que de l'amitié pour vous. Mais c'est parfois difficile pour moi de vous avouer les choses…

Un grand silence s'installa. S'il savait…

Je m'allongeai sur le lit et poursuivis tout en regardant le plafond.

— Au fond, je ne sais même pas pourquoi je vous fais la tête… C'est stupide, mais quand j'ai vu le Doyen Banks, j'ai revu toutes ces années… Sur le coup, j'étais très triste, mais ça m'a aussi fait du bien de le revoir. Je regrette tellement cette époque, vous savez.

— Je le sais, Abby.

— Et lorsque vous m'avez embrassée, j'ai préféré partir parce que j'avais peur d'être déçue.

— Déçue ?

— Oui. Parce que je sais que tout pourrait s'arrêter du jour au lendemain entre nous.

— Pourquoi vous dites ça ?

— Parce que vous êtes Tom Prescott, un des plus grands acteurs du moment et moi, je suis juste Abigaëlle, la femme de ménage.

— Et vous pensez que cela est un frein à notre relation ?

— Oui, je le pense.

— Alors ôtez-vous ça de la tête !

Il se coucha à côté de moi et m'observa la tête reposée sur sa main.

— J'ai peur de ce qui pourrait se passer. Et je ne veux pas gâcher ça. J'aime notre relation et j'aime être avec vous.

— C'est réciproque.

Je me tournai vers lui.

— Tom… Ce que je veux dire, c'est que s'il doit vraiment se passer quelque chose entre nous, je préfère que l'on prenne notre temps. Je ne veux pas qu'on se précipite et qu'on le regrette ensuite. Je… je ne supporterai pas de vous perdre à présent.

— Si c'est ce que vous souhaitez alors je respecte votre décision. Mais je veux que vous sachiez que je ne vous laisserai jamais !

Je souris.

— D'accord, je vous crois. Mais juste une chose…

— Oui ?

Je pris un air très sérieux.

— Ne m'embrassez plus sans ma permission !

Il se mit à rire à son tour.

— Vous en avez ma parole ! Nous sommes amis et rien d'autre.

— Ça me va.

Dès l'instant où nous mîmes les choses au clair, tout malaise entre nous fut dissipé.

S'il n'était pas venu me voir ce soir-là, je n'aurais pas eu le courage de faire un pas vers lui.

Même si Gloria m'avait presque convaincue, j'aurais sûrement laissé traîner les choses et je ne lui aurais plus jamais donné signe de vie. Mais Tom n'était pas du genre à faire l'autruche.

Et je devais bien avouer que j'étais plutôt ravie qu'il l'ait fait, mais il n'en avait pas terminé avec moi.

— Abby, il y a autre chose dont j'aimerais que nous parlions...

— Quoi donc ?

— J'aimerais qu'on parle de vous...

— De moi ?

— Oui. Je suis certain que vous ne m'avez pas tout dit et je vois bien qu'il y a des blessures qui ne sont pas totalement guéries... Je sais que ce n'est jamais facile de se confier, mais je dois savoir.

— Tom...

— S'il vous plaît.

J'observai un instant dans le vague. À ce stade, je ne pouvais plus lui mentir.

— D'accord. Je vous dirai tout, mais pas ce soir.

— Abby...

— Je vous promets que je vous dirai tout, mais pas ici. Ma mère est juste à côté. Je ne voudrais pas lui remémorer tout cela.

— Je comprends.

Nous conversâmes encore un peu, puis je finis par m'endormir à ses côtés.

Tom s'en rendit compte et ne put s'empêcher de l'observer tendrement.
Il continua de la détailler tout en murmurant à son oreille.
— Je suis là maintenant. Jamais je ne vous abandonnerai.
Il caressa son visage, puis se leva pour partir, mais Abby se réveilla.

— Hum... Tom ? Vous allez où ?

— Vous vous êtes endormie. Je vais y aller.

— Attendez, je vous raccompagne.

J'étais à moitié endormie, mais je ne voulais pas le laisser partir de cette façon.

Je le ramenai à la porte. Il s'arrêta un instant sur le palier.
— Je suis content que nous ayons pu discuter.
— Moi aussi, je suis contente.
— Bonne nuit, Abby.
— Bonne nuit.
Sur ces mots, il quitta le couloir.

Chapitre 15

Avant de prendre mon service du soir, je passai en ville récupérer les médicaments de maman.

Je pris le bus et, quelques minutes plus tard, je fus enfin arrivée.

Je marchai alors jusqu'à la pharmacie qui se trouvait au coin de la rue, quand mon regard se posa sur le kiosque d'un marchand de journaux.

À cet instant, je ne pus plus faire le moindre pas. Je fus sous le choc. Si bien que je crus à ce moment que mon cœur était sur le point de s'arrêter.

J'approchai tout de même très lentement du stand et saisis le premier magazine : « *L'amour secret de Tom Prescott* ».

Sur le second était inscrit : « *La mystérieuse petite amie de Thomas Prescott* ».

Et sur un autre : « *Tom Prescott a retrouvé l'amour !* »

Mais ce n'était pas tout car il y avait des photos de nous. Des photos au parc, dans la rue, au gala de charité, à son anniversaire, partout ! Heureusement pour moi, ces photos étaient prises de loin et mon visage n'était pas vraiment reconnaissable. Enfin c'est ce que je me dis sur le coup pour me rassurer.

Comment ces foutus paparazzis avaient-ils fait pour prendre ces photos sans que je m'en rende compte ?

Au même instant, ma petite voix intérieure se mit très vite à hurler : « Noooooooon !!!!!!!!! ».

Je saisis immédiatement mon téléphone et j'appelai Tom en catastrophe. Mais il ne répondit pas. Je réessayai à nouveau. Il ne répondit pas non plus.

— Tom s'il te plaît, décroche. On est mal là ! me murmurai-je.

Au bout du dix-septième appel… il répondit enfin. J'étais si paniquée que je ne pris même pas le temps de le saluer.

— Tom ? C'est Abby.

— Bonjour Abby.

— Tom, vous avez vu le journal ?

— Je ne lis pas les journaux. Mais enfin pourquoi cette question ?

— Tom… dis-je, désemparée.

Au son de ma voix, il sentit bien que quelque chose n'allait pas.

— Abby, qu'est-ce qu'il se passe ? Calmez-vous.

— Non, Tom, je ne peux pas me calmer ! répliquai-je en haussant le ton.

— Abby, où êtes-vous ?

— Je suis en ville. J'allais chercher les médicaments de maman.

— Alors calmez-vous, je viendrai vous voir plus tard.

— Non. Je crois que vous ne vous rendez pas compte. On ne doit surtout pas se voir ! Ça ne ferait qu'empirer les choses.

— Pour quelle raison ? Abby ?!

— Je dois raccrocher.

— Très bien alors puisque vous ne voulez rien me dire, j'arrive tout de suite !

Soudain, il n'y eut plus un bruit au bout du fil.

— Tom ? Tom, vous êtes là ?

J'achetai l'un de ces magazines au marchand, puis je partis rapidement chercher les médicaments de maman avant de rentrer au plus vite à la cité.

Il était bientôt dix-huit heures trente et, à mon grand étonnement, Tom était déjà là. Soit il avait conduit extrêmement vite, soit il était déjà dans le coin.

Il sortit de la voiture et s'appuya contre le toit tout en me regardant.

— Alors ? Qu'y avait-il de si urgent ?

— Tenez, constatez par vous-même !

Je lui tendis le magazine. Il se mit aussitôt à rire. Je ne compris pas sa réaction.

— Ah ça… Il va falloir vous y habituer…

— Quoi ? Comment ça m'y habit…

Je n'eus même pas le temps de terminer ma phrase qu'il s'asseyait dans sa voiture.

Je fis de même et tentai de déchiffrer ce qu'il venait de me dire.

— Attendez un peu… C'est tout ce que vous trouvez à dire ?

— Je crois qu'il n'y a rien à dire de plus, fit-il amusé.

— OK, alors maintenant on fait quoi ? demandai-je, affolée.

— Comment ça, on fait quoi ?

— Vous et moi, nous faisons la une des journaux. Comment vous pouvez rester aussi calme ?

— Abby… Je sais que cela peut vous faire peur, mais c'est le jeu. Nous sommes amis et nous passons beaucoup de temps ensemble. Je suis très connu, il fallait bien que cela arrive un jour ou l'autre.

— Mais moi, je suis ne suis pas connue ! Vous imaginez ce que sera ma vie au travail et dans mon entourage quand les gens apprendront que c'est moi, la fille sur ces photos ?

— …

— Tom, je ne peux pas être vue avec vous de la sorte. Je crois que vous ne vous rendez pas compte, mais que diront les gens ?

— Vous vous souciez vraiment de ce que pensent les gens ?

— Malheureusement oui !

— Je vois…

Je reposai ma tête sur mon bras et pestai de rage en regardant devant moi.

— Mais qu'est-ce que j'ai fait pour mériter ça ? marmonnai-je.

Il s'enfonça dans son siège et fixa l'horizon à son tour. Puis il tourna la tête vers moi.

— Est-ce que vous avez honte de moi ? Est-ce que vous avez honte d'être avec moi ?

Je me redressai. Ce qu'il venait de dire me fit changer d'attitude du tout au tout. Pourquoi me posait-il une question pareille ?

— Quoi ? Mais pourquoi vous dites ça ? Ce n'est pas vrai, je n'ai jamais dit ça.

Il s'approcha de moi pour tenter de m'apaiser.

— Abby, je sais que ça peut être déstabilisant, mais ne vous mettez pas dans cet état. Je n'ai pas pu vous protéger de ça, mais je vous promets que je ferai tout pour vous épargner ce genre de situation à l'avenir. Ce sera compliqué de garder notre relation discrète, mais jamais je ne vous mettrai dans une position délicate.

Je réfléchis une minute. En réalité, c'était stupide de ma part. Vu sa notoriété, je savais très bien que cela pouvait arriver à tout moment. Je ne pouvais lui reprocher quoi que ce soit.

— Je suis désolée. Ce n'est pas de votre faute. Je ne voulais pas m'en prendre à vous, mais je suis très en colère. Je trouve ça tellement déplacé de s'immiscer dans la vie de quelqu'un de cette façon. Ils ne se rendent pas compte qu'ils pourraient blesser des gens en agissant de la sorte ?

— Je suis bien d'accord avec vous, mais leurs clichés rapportent gros. Il n'y a que ça qui compte…

J'étais perdue. Je ne savais plus quoi faire. Quand je pensais qu'au nom de sa célébrité, il subissait cela tous les jours… Comment pouvait-il le supporter ? Je n'étais pas prête pour cela.

Je me retournai vers lui et pris un petit air triste.

— Alors qu'est-ce que je dois faire maintenant ?

Il me sourit et replaça une mèche de cheveux derrière mon oreille.

— D'abord, calmez-vous. Ce soir vous irez au travail comme si de rien n'était et tout se passera bien.

— Et s'ils recommencent ? Et s'ils republient ce genre d'article ?

— Ils recommenceront, mais vous devrez être forte et me faire confiance.

— D'accord.

Je fis ce qu'il me demanda et gardai mon sang-froid.

C'était peut-être psychologique, mais au début, lorsque j'allais au travail ou que je me rendais quelque part, j'avais toujours l'impression que tous les regards étaient braqués sur moi.

Mais finalement, Tom avait raison. Car les jours suivants, personne de mon entourage ne m'avait soupçonnée. Je n'avais plus qu'à prier pour que cela dure.

♡

Tom m'avait donné rendez-vous au café Jolly Lake.

Je finis le travail à seize heures. Le temps de prendre le bus et je le rejoignis.

Je pénétrai dans le café situé près du parc et me dirigeai vers lui.

Il m'accueillit et sembla content de me voir.

— J'espère que je ne suis pas trop en retard. C'est toujours l'enfer pour avoir un bus à temps.

— Aucun problème. Je ne suis pas pressé aujourd'hui.

— Et sinon, pourquoi vous vouliez me voir ? J'avais l'impression que c'était urgent.

— Je voudrais qu'on reprenne notre conversation de la dernière fois.

Je ne pensais pas qu'il aborderait directement le sujet. Je l'observai sans dire un mot.

— …

La serveuse s'approcha de nous.

— Est-ce que je peux prendre votre commande ?

— Un café latte pour moi, je vous prie.

Il m'observa attentivement, j'eus l'impression qu'il attendait ma réponse.

— Euh…

— Leur café latte est vraiment excellent. Vous devriez essayer.

— Je suis assez d'accord avec monsieur, rajouta la femme avec un large sourire.

Mais son regard me perturba tellement que je finis par céder.

— Je ne sais pas… Oh ! Et puis d'accord. Je vais prendre la même chose que lui, s'il vous plaît.

J'eus l'étrange impression qu'il était en train de me tester. D'habitude, il me laissait choisir tranquillement. Mais là, on aurait dit qu'il était pressé d'entendre ma réponse.

La femme revint quelques minutes plus tard avec notre commande.

Tom attendit qu'elle s'éloigne, puis prit un air sérieux.

— Abby, je veux que vous sachiez que je serai toujours là pour vous et que vous pouvez tout me dire. Je ne veux plus avoir affaire à mon détective vous concernant. J'ai décidé de vous faire confiance. Je ne veux plus apprendre d'autres vérités sur vous de cette manière...

— C'est très gentil de me dire tout ça. Ça me touche beaucoup. À part Gloria, c'est vrai que je n'ai jamais vraiment eu de confident, alors merci.

— Si nous reprenions où nous en étions la dernière fois ?

Je tentai de le dissuader, en vain.

— Tom…

— Abigaëlle, n'essayez pas de détourner la conversation. Vous me l'aviez promis. J'aimerais comprendre pourquoi une femme aussi brillante que vous renonce soudainement à sa dernière année de faculté et se retrouve femme de ménage ? Vous étiez à ça d'obtenir votre diplôme, *dit-il en mimant un petit espace avec ses doigts*. Alors qu'est-ce qui a bien pu se passer ?

Je fus soudain très émue. Je ne voulais pas évoquer le sujet car à chaque fois, je devenais mélancolique.

J'esquissai un sourire, mais au fond j'étais triste qu'il aborde le sujet.

— Vous savez, c'est une longue histoire et c'est du passé maintenant.

— Abigaëlle, j'aimerais entendre cette histoire, si vous le voulez bien. Je dois savoir.

J'observai un instant l'extérieur. Les larmes emplirent légèrement mes yeux, mais je me contins pour ne pas pleurer.

Puis je cherchai à gagner du temps.

— Tom, c'était il y a si longtemps. Pourquoi revenir sur le passé ?

— Abby, s'il vous plaît.

À nouveau, je jetai un coup d'œil dehors. C'était trop tard pour faire marche arrière. Tom attendait des réponses. Il avait confiance en moi, je ne pouvais lui mentir et risquer de le décevoir.

En une fraction de secondes, je pris la décision de tout lui révéler.

J'observai quelques secondes autour de moi. Il y avait du monde. Je préférai discuter dans un endroit plus calme.

— D'accord, vous avez gagné ! Si on allait marcher ?

Une fois nos cafés terminés, nous ne levâmes. Tom partit régler la note, quant à moi, je l'attendis devant la porte.

Nous partîmes en direction du parc de la Nymphe et, arrivés près du lac, nous prîmes place sur un banc.

Je me tournai vers lui. Je devais sûrement faire une drôle de tête, car il renonça soudainement.

— Écoutez, j'ai l'impression que je vous en demande trop. Après tout, vous n'êtes pas obligée de me dire quoi que ce soit. Si vous ne voulez pas en parler alors je vous laisse tranquille.

J'étais très gênée, mais je devais lui dire la vérité. Au nom de notre belle amitié, et par reconnaissance pour tout ce qu'il avait déjà fait pour moi, je lui devais au moins ça.

— Non, c'est bon. Je vais tout raconter. Je ne veux pas qu'il y ait de secret entre nous.

— …

J'inspirai un bon coup et me lançai.

— Vous avez raison. Je n'ai pas toujours été femme de ménage.

— C'est ce que j'ai cru comprendre… fit-il en souriant.

— J'ai grandi à Port-Agathe.

— Port-Agathe ? C'est un joli coin.

— Oui. Mes parents étaient plutôt aisés. Ils avaient acheté une belle maison dans un des quartiers huppés de la ville. Mon père était promoteur et ma mère infirmière. J'ai toujours fréquenté les grandes écoles. Par la suite, j'ai obtenu mon baccalauréat et j'ai été acceptée à « Forks ». J'ai étudié le droit, car j'avais le projet de devenir avocate.

— Vous deviez être une très bonne élève. On ne rentre pas là-bas facilement.

— Je l'étais, oui, dis-je avec émotion. Je vous assure que la vie était belle à cette époque. On ne manquait de rien. Mais ça n'a pas duré…

Les larmes envahirent mes yeux à nouveau. Tom sortit un mouchoir de son veston et me le tendit.

— Continuez.

J'essuyai mes yeux et poursuivis.

— Je pensais que tout allait bien entre mes parents, mais ce n'était pas le cas. En quelque temps, l'entreprise de mon père avait fait faillite et il avait contracté énormément de dettes. Il trompait ma mère. Ils s'engueulaient souvent devant moi, mais ma mère faisait tout pour me rassurer à chaque fois. Les problèmes d'argent ont commencé à arriver et à s'accumuler. En l'espace de quelques mois, ils ont tout perdu. Ils ont dû revendre leur maison. On a dû déménager dans un quartier plus modeste. Quelque temps après, mon père nous a abandonnées. Il n'a pas dû supporter. Il nous a laissées avec ses dettes et sans argent. J'avoue que ça m'a brisée quand il est parti. J'étais sa princesse, vous voyez. Et il était l'homme de ma vie, rajoutai-je, en pleurs. Mais visiblement, il s'en fichait. Quant à mère, elle se saignait pour que je puisse continuer à étudier. Elle faisait des heures supplémentaires à l'hôpital pour payer les factures et mon école. Mais même si elle refusait, je l'aidais en faisant des petits boulots. Elle voulait vraiment que je réussisse. J'ai étudié pendant quatre ans à Forks. Ça n'a pas été facile, mais j'ai réussi à aller jusque-là. Il me restait une seule année à valider pour obtenir mon diplôme, mais la chance n'a pas été de mon côté… Ma mère a eu un accident au travail. Elle s'est blessée en soulevant un patient et là, les problèmes ont commencé. Après plusieurs opérations foireuses, elle a fini handicapée. Elle n'a jamais pu remarcher et a dû quitter son travail. Sa rente ne permettait même pas de payer les factures et ses soins. Mon année à Forks était beaucoup trop chère et on n'arrivait pas à s'en sortir toutes les deux. J'ai bien cherché de l'aide un peu partout, mais ce n'était pas suffisant. Et puis tout le monde nous a tourné le dos. Autant vous dire que le choix était vite fait. J'ai dû prendre la décision la plus difficile de toute ma vie…

— Vous avez abandonné vos études, n'est-ce pas ?

— Oui. J'ai quitté Forks. Et j'ai enchaîné les petits boulots pour qu'on puisse s'en sortir. Parfois, je travaillais au black et j'enchaînais plusieurs emplois en même temps. On a encore déménagé car le loyer était trop cher et on s'est installées dans cet endroit aux Atlas. Ma mère s'en est tellement voulu. Elle se sent encore coupable aujourd'hui. Mais j'ai fini par m'habituer à cette vie. Il y a quatre ans, j'ai réussi à trouver un emploi stable. Et même si cela ne me plaît pas, je m'y accroche car je n'ai pas le choix.

— Au Rosebury, c'est ça ?

— Oui. Jerry, mon boss, a bien voulu me faire confiance alors que je n'avais aucune expérience dans l'hôtellerie. Pour ça, je ne le remercierai jamais assez.

— Heureusement, il existe encore des gens bien.

Je jetai un œil sur le lac.

— C'est vrai… Je sais que vous n'avez sûrement pas dû comprendre pourquoi je refusais certains rendez-vous avec vous ou pourquoi je me privais lorsque vous m'invitiez quelque part. Mais c'est compliqué… Avant de partir au travail et en revenant, je m'occupe de ma mère car elle est incapable de faire ses courses, de se faire à manger ou de prendre soin d'elle. Quand je suis de repos, je continue de m'occuper d'elle. Tout mon salaire passe dans les factures, ses médicaments ou les dettes. Le moindre centime est compté car un simple petit écart pourrait nous coûter cher. C'est bête, mais lorsque vous m'avez offert ce cadeau à Noël, j'étais si heureuse car cela faisait des années que je n'en avais pas reçu. Noël, les anniversaires et toutes ces fêtes… Cela n'a plus aucune signification pour moi à présent.

— C'est vrai que je vous trouvais réticente. Maintenant, je comprends mieux.

— Le pire c'est que je n'ai aucun regret. Je suis triste de ne pas avoir eu la possibilité de continuer mes études et de ne pas avoir décroché ce diplôme. Mais si c'était à refaire, alors je le referais ! Pour ma mère et pour tout ce qu'elle a sacrifié pour moi.

— Ce que vous dites est très noble.

— J'ai une relation très spéciale avec ma mère. Même si je ne lui montre pas, je l'aime. Je ferai tout pour elle.

— C'est très beau. Mais votre père ? Vous n'avez pas cherché à le revoir ?

— Si, mais c'était trop tard. J'ai appris qu'il avait sombré dans l'alcoolisme et qu'il s'était suicidé.

— Je suis désolé.

— Ne le soyez pas. C'est la vie ! Maintenant, je prie pour trouver un autre travail qui me rapportera plus. Je voudrais vraiment qu'on quitte ce quartier, parce que même si j'ai beaucoup d'affection pour certaines personnes du voisinage, cet endroit craint réellement. D'ailleurs, c'est bien l'une des raisons pour lesquelles je ne veux surtout pas que vous mettiez les pieds là-bas. Dieu seul sait ce qui risquerait de vous arriver…

Il se mit à rire.

— Je comprends, mais rassurez-vous, il ne m'arrivera rien. Et puis je crois que je me suis fait de nouveaux amis là-bas.

Je lui lançai un petit regard qui voulait tout dire.

— Voilà, maintenant vous savez tout. Je vous ai tout dit.

— Je vous remercie de m'avoir confié tout ça. En tout cas, vous pouvez être sûre que vous pourrez toujours compter sur moi.

— C'est gentil, mais je ne veux pas de votre pitié. Même si ma vie est compliquée, je me dis que l'avenir me réserve quelque chose de meilleur. Enfin, j'y crois.

Il esquissa un sourire. Et sur ces mots, il me raccompagna chez moi.

J'étais enfin libérée d'un poids. Il n'y avait plus de secret entre nous. C'était bien la première fois que je me confiais à quelqu'un sur ce sujet et lui révéler tout ça m'avait fait du bien.

Depuis ce jour, il devint mon confident et je commençai à m'attacher à lui.

Chapitre 16

Ma journée se termina. Après avoir reposé mon chariot dans le local dédié, je pris la direction du vestiaire pour changer de tenue.

Gloria s'empressa de me rejoindre pour me parler de sa nouvelle conquête, mais à vrai dire ce qu'elle me confia ne m'intéressait pas plus que cela car j'étais bien trop occupée à ressasser ce qui s'était passé quelques jours plus tôt.

Tom était dans ma chambre. Il découvrait un peu plus sur moi, sur ma vie. Il était dans mon sinistre appartement et pourtant j'avais l'impression que cela ne le dérangeait pas.

Et dire que j'avais fini par m'endormir à ses côtés. J'avais pris sommeil dans les bras du grand Thomas Prescott. Je ne comprenais pas ce qui m'arrivait.

Soudain, mon téléphone me rappela à la réalité. C'était Tom. Il voulait que je passe le voir chez lui.

Je ne perdis pas une minute et filai le voir.

Je le rejoignis une petite vingtaine de minutes plus tard.

— Désolée, j'ai fait aussi vite que j'ai pu.

Il se mit à rire.

— Entrez.

Il me tourna le dos et se dirigea vers la cuisine. Je le suivis.

À chaque fois que je lui rendais visite, je ne pouvais m'empêcher d'examiner son appartement. Cet endroit était magnifique et moderne. Je donnerai tout pour abandonner le mien et vivre ici.

— Vous voulez boire quelque chose ?

— Non, ça ira. Merci.

Il se servit un verre d'eau et prit la direction du dressing.

Il en ressorti avec deux costumes : un gris avec une cravate et un bleu avec un nœud papillon.

— J'aimerais avoir votre avis. Je suis invité sur un plateau de télé dans deux jours. Vous me conseillez lequel ?

— Vous m'avez vraiment fait appeler pour ça ?

— Oui. Votre avis est important.

— Mais votre styliste pouvait aussi vous conseiller.

— Je sais, mais je préfère que vous le fassiez.

— Alors le bleu, lui répondis-je, amusée.

— Cela tombe bien, c'était mon premier choix.

Il partit l'essayer et revint vers moi pour me montrer le résultat.

Décidément, il avait un charme fou. À chaque fois que je le voyais habillé de la sorte, j'en étais tout émoustillée.

Je l'observai de la tête aux pieds. J'étais très troublée.

— Vous êtes parfait. Comme toujours.

— Merci du compliment. Bon, alors, si cela vous convient, adjugé !

Je souris encore une fois.

Il partit se changer. J'en profitai pour en apprendre plus sur son passage à la télévision.

— Et cette émission, vous êtes invité chez qui ?

— Chez *Megan Quill* !

Est-ce que j'avais bien entendu ?

Cette femme était une star de la télévision. Elle était journaliste de métier, mais avec le temps, elle organisait des shows télévisés où elle recevait toutes sortes d'artistes. J'avais l'habitude de suivre ses émissions lorsque j'avais encore le luxe d'avoir la télé à la maison.

— Waouh ! C'est génial.

Il s'avança et apparut torse nu devant la porte du dressing. Je fus rapidement au bord de la crise de panique.

Mal à l'aise, je ne pus m'empêcher d'observer son torse. C'était si gênant que je ne savais plus où regarder.

Pourquoi faisait-il cela ? Est-ce que j'étais réellement en train de reluquer cet homme alors que nous étions censés être des amis et rien de plus ? Je crois que je devenais accro.

— J'espère que vous regarderez l'émission. Ça me ferait plaisir.

— Je ne manquerai ça pour rien au monde ! répondis-je, très gênée.

Par chance, il remit son T-shirt et finit de se changer dans la pièce quand, soudain, la sonnerie retentit.

— Tom, y'a quelqu'un à la porte.

— Est-ce que vous pouvez aller voir ? Je suis un peu occupé, là.

Je n'avais pas envie de le faire car je ne savais pas sur qui j'allais tomber. Après le coup des paparazzis, j'évitais à tout prix qu'on nous voit ensemble.

Je finis tout de même par accepter et ouvris la porte.

Une grande blonde me fit face. Elle était très maquillée et extrêmement bien vêtue. Elle me dévisagea très sévèrement. Rien qu'à voir l'expression de son visage, je ressentais quelque chose de très négatif en elle. Je ne la connaissais pas, pourtant je ne l'appréciais déjà pas !

— Est-ce que Tom est là ? me dit-elle sur un ton désagréable.

Pas même un bonjour ! Pour qui se prenait-elle celle-là ?

Je ne savais pas si je devais répondre ou non.

Heureusement, Tom apparut derrière moi. Il avait quitté son costume.

— Ambre ?

Je me retournai. Il paraissait médusé.

Dès cet instant, je compris à qui j'avais affaire… Cette femme était l'ex de Thomas. Sur le coup, je ne l'avais pas reconnue. Comment un homme si bon avait pu partager sa vie avec cette espèce de sorcière ?

Elle n'attendit pas une minute avant de me bousculer légèrement pour pénétrer dans l'appartement.

— Ah ! La rumeur était donc vraie. À peine séparés, tu m'as déjà remplacée par une femme de ménage !

— Ambre…

Je préférai dissiper ses soupçons sur-le-champ.

— Vous vous trompez, on n'est pas ensemble ! On est seulement amis.

— Oui, c'est cela…

Je lançai un petit regard à Tom tout en grimaçant. Le pauvre, comment avait-il pu supporter cette femme pendant tout ce temps ? Je préférai quitter les lieux car sa présence me dérangeait.

— Tom, je vais vous laisser. Je pense que vous avez beaucoup de choses à vous dire. À plus tard.

— Abby, attendez…

Je m'empressai de rejoindre le placard à l'entrée. J'enfilai mon manteau et ouvris la porte pour partir.

— …

Mais Tom m'avait suivie. Il me retint par le bras et m'obligea à l'écouter.

— Abby, je suis désolé.

— Tom… Vous n'avez pas à être désolé. Vous devez régler cette histoire une bonne fois pour toutes. Soyez honnête envers elle et envers vous-même, sinon vous risquez de passer à côté d'une belle histoire…

— Abby…

— Je dois y aller maintenant, fis-je en souriant. Ne la faites pas attendre. Ce n'est pas correct.

Je quittai l'endroit.

Thomas l'observa s'éloigner dans le couloir. Il était abattu. Il aurait tellement voulu éviter ce moment.

♡

Je n'eus pas de nouvelles de lui pendant environ une semaine.

Peut-être avaient-ils recollé les morceaux tous les deux ? Peut-être avait-il suivi mes conseils et s'était-il rendu compte qu'ils étaient faits l'un pour l'autre ?

Après cet évènement, je dus bien avouer que ma vie en fut différente. Je me rendais au travail et quand je rentrais chez moi, je passais mon temps à me morfondre dans mon lit.

En toute honnêteté, sa présence me manquait terriblement. Je m'étais attachée à lui. Et ne pas le voir pendant tous ces jours devenait presque insurmontable.

Je regrettais tellement de lui avoir conseillé Ambre plutôt que moi. Mais il fallait être logique, je n'avais rien à lui apporter. Qu'aurait-il fait avec une femme comme moi ?

Il était temps pour moi de passer à autre chose. Même si ce fut court et que nous n'étions pas ensemble, j'avais vécu quelque chose de magnifique avec lui. Et pour cela, je ne le remercierai jamais assez.

Pour m'aider à franchir ce cap, Gloria m'avait inscrite sur un site de rencontre.

Au début, je n'étais pas très emballée, mais avec les jours et le chagrin, je finis par changer d'avis. Moi qui étais très casanière et introvertie, cela me changeait les idées.

Il y en avait vraiment pour tous les goûts. Entre ceux qui espéraient de tout cœur tomber sur la femme idéale et débuter une relation sérieuse et ceux qui ne recherchaient qu'un coup d'un soir, j'étais servie !

Je pouvais assurément dire que ce n'était pas mon truc. Et puis cela n'avait pas servi à grand-chose, car quelques jours plus tard, je finis par faire la connaissance d'un homme dont je n'aurais jamais pensé me rapprocher.

Et dire que je le rencontrais tous les jours et que je n'avais jamais prêté attention à lui.

Tous les jours, je prenais le bus pour me rendre au travail ou rentrer chez moi et il était là. Peut-être que le destin l'avait finalement mis sur ma route ?

Il s'appelait Garry. Il était très courtois et plutôt joli garçon. Un métis aux yeux clairs, assez baraqué avec une petite coupe afro.

Il m'avait abordée un soir à la sortie du bus alors que nous étions seuls dans le véhicule. Ce soir-là, nous avions sympathisé. Et quelques jours plus tard, il m'invitait au cinéma.

Notre rapprochement me paraissait un peu précoce car malgré tout, je n'arrivais pas à me sortir Tom de la tête. D'ailleurs, je n'entendis plus parler de lui.

Mais ma décision était prise. Et dorénavant, je devais me faire à cette idée. Tom et Ambre s'étaient remis ensemble. Point.

Pour en revenir à Garry, notre premier rendez-vous ne m'avait pas marqué plus que cela. C'était peut-être parce que le restaurant italien du quartier où il m'avait emmené dîner n'avait rien à voir avec les restaurants chics où Tom avait l'habitude de m'inviter.

Je n'étais pourtant pas difficile et j'étais loin d'avoir de grands goûts, mais c'était très différent et je ne ressentais pas la petite étincelle avec cet homme.

D'ailleurs, il ne m'avait pas encore demandé de devenir sa petite amie. Nous n'étions pas officiellement ensemble.

Il était au courant de ma relation avec Tom. Je préférais être honnête avec lui. Garry était beaucoup trop adorable avec moi pour lui cacher quoi que ce soit. Alors il me rassura dès le début. Il voulait que notre relation aille plus loin, mais il préférait que cela se fasse en douceur. Il m'avait demandé de prendre mon temps et de le prévenir lorsque je serais prête à commencer une relation avec lui.

En pratiquement deux mois, il ne s'était rien passé entre nous. On passait du temps ensemble et je commençais à apprécier sa compagnie.

Nous nous rapprochions un peu plus chaque jour. Pourtant je me rendais compte que ce n'était qu'une façade…

En réalité, je ne pensais qu'à Tom. Et il était évident que je ne souhaitais pas commencer une nouvelle relation sans avoir réglé les choses.

Alors j'attendis le soir où il m'avait proposé de faire une balade. Garry aimait prendre sa voiture la nuit et il conduisait sans destination précise.

Il m'avait emmenée sur les hauteurs de la ville. Je n'avais jamais mis les pieds là-bas, mais je devais bien avouer qu'au coucher du soleil, la vue était imprenable.

Il s'adossa contre sa voiture et fixa l'horizon. Je le rejoignis.

Nous discutâmes de tout et de rien comme d'habitude. Quand soudain, il me mit devant le fait accompli.

— Tu ne crois pas qu'il faut qu'on parle ?

— De quoi veux-tu parler ?

— De nous et de ce que tu comptes faire.

Je ne m'attendais pas à ce qu'il aborde le sujet ce soir. Pourtant, tôt ou tard, je devais lui parler. Je ne savais plus quoi dire.

— Garry...

— Je t'ai dit que je serai patient, Abby. Et je ne veux pas te mettre la pression, mais j'ai besoin de savoir.

J'avais tellement peur de lui faire de la peine en lui avouant la vérité. Garry était un homme adorable. Je ne voulais surtout pas lui faire de mal. Il ne méritait pas cela.

— Tu as raison. Je ne peux pas continuer comme ça. Il faut que j'arrête de me voiler la face.

— Tu as pris ta décision ?

— Oui et je te demande pardon, mais je ne peux pas être avec toi.

— Je le sais.

— Garry, je t'en prie, ne m'en veux pas. J'ai essayé d'être honnête, mais...

— Bee... Je sais que tu ne m'aimes pas. Tu ne m'as jamais aimé parce que tu es amoureuse d'un autre...

— Quoi ? Qu'est-ce que...

— Tu n'avais pas besoin de parler, tu sais.

— ...

— J'aime être avec toi et je ne voulais pas t'imposer quoi que ce soit. J'attendais juste que tu te décides enfin.

— Mais Garry, pourquoi ?

— Tu as été sincère avec moi depuis le début. Tu n'as jamais caché tes sentiments pour lui. Je savais très bien que notre relation pouvait s'arrêter à tout moment.

Je fus touchée par ses mots. J'en fus même très émue.

— Je suis désolée. Je ne voulais pas te blesser.

— Mais Abby, tu ne m'as pas blessé. Tu souris tout le temps, mais dans le fond, tu n'es pas vraiment heureuse. Je le vois bien. C'est toi qui n'es pas bien dans toute cette histoire. Maintenant, si tu veux un conseil, va le retrouver avant qu'il ne soit trop tard.

J'esquissai un petit sourire, des larmes plein les yeux.

— C'est un peu compliqué…

— Mais je suis sûr que ça s'arrangera, dit-il d'une voix douce tout en souriant.

Les larmes se mirent à couler à présent.

Je me rapprochai de lui et le serrai dans mes bras une dernière fois.

— J'ai de la chance de t'avoir rencontré. Merci d'avoir été là pour moi.

Ce fut la dernière fois que je vis Garry car les jours suivants, je l'évitai. Je décalai mes horaires de bus pour ne plus le croiser. De son côté, il ne chercha pas à me revoir non plus.

Ça aurait pu être une belle histoire car Garry était un garçon tout à fait charmant. Je regrettais presque que cela se soit passé de cette façon entre nous. Mais je me devais d'être honnête envers moi-même.

♡

Pourtant, des jours plus tard, l'impossible se produisit.

Je pensais que Tom m'avait enfin oubliée, mais j'avais tort. Car les semaines suivantes, mon téléphone n'arrêtait pas de me rappeler sa présence. Il tentait de me joindre, mais j'avais pris ma décision. Et même si c'était dur, je préférais m'y tenir.

Ce jour-là, je revins de l'association où j'avais passé la journée à aider Maddie à distribuer de la nourriture.

Et alors que je pensais ne plus jamais revoir Tom, il m'attendit devant mon bâtiment dans la soirée. Il ne m'avait pas encore repérée. Il était appuyé contre sa voiture et observait les gamins sur le terrain de basket.

Je m'approchai de lui.

— Tom ? Qu'est-ce que vous faites là ?

Il se tourna vers moi et sourit.

— Bonsoir Abby. Vous ne répondiez plus à mes appels ni à mes messages, alors je suis directement venu prendre de vos nouvelles.

— Désolée, je ne voulais pas vous déranger. Je me suis dit que vous aviez peut-être recollé les morceaux avec votre ex alors j'ai préféré vous laisser un peu seuls.

Mal à l'aise, il baissa le regard avant de relever la tête et sourit à nouveau.

— Si vous saviez…

— Qu'est-ce que vous voulez dire ?

— Peu importe. Qu'est-ce que vous faites demain soir ?

— Rien ! Enfin…

— Enfin ?

Maintenant qu'il était là, devant moi, je ne pouvais pas continuer comme ça. Je ne savais pas où en étaient vraiment les choses entre lui et son ex et je n'aimais pas vivre dans le doute.

Et même s'ils n'étaient pas ensemble, il était hors de question d'envisager un quelconque rapprochement entre nous.

Je ne pouvais pas continuer à faire semblant. Pourtant, même si à présent, j'étais sûre que je l'aimais, je devais m'éloigner de lui pour de bon.

Je finis par lui révéler le plus gros mensonge de toute ma vie, celui que j'allais regretter amèrement. Mais je n'avais pas le choix, je devais le faire pour mon bien, mais aussi le sien.

— Tom, il faut que je vous dise quelque chose…

— Je vous écoute.

— J'ai rencontré quelqu'un.

— … Est-ce que je le connais ?

— Non !

Son visage changea d'expression. Je lui avais fait de la peine, c'était certain ! Mais en bon gentleman, il tira sa révérence dans la plus grande splendeur.

— Alors ce quelqu'un a beaucoup de chance.

— Tom…

— Je suppose que nous deux c'est « terminé » pour ainsi dire, fit-il avec un sourire déguisé. Plus personne à qui me confier, plus de restaurants entre amis, de sorties au parc ou à la fête foraine.

— …

— Je regretterai sincèrement ces moments, croyez-moi. En tout cas, vous avez mon numéro alors si vous avez besoin, je suis là. Je ne vous dérange pas plus longtemps.

Il s'apprêta à monter dans la voiture.

— Tom, attendez… *Il se retourna d'un air triste.* Merci pour tout.

Il esquissa un sourire, mais je sus ce qu'il voulait dire et j'en fus malade.

— Soyez heureuse !

Mais Thomas n'en resta pas là. Pendant cette courte conversation, il avait ressenti quelque chose d'étrange.

Après toutes les révélations qu'elle lui avait faites sur son passé, il savait qu'Abby n'était pas du genre à raconter ses souffrances et ses problèmes. Et il était persuadé qu'elle ne lui avait pas tout dit.

D'autant plus que son attirance envers la jeune femme ne cessait de grandir. Il vivait cela comme une rupture et refusait de la laisser partir de cette façon.

Il demanda à Simon de contacter son détective et de la faire suivre.

Il était évident qu'à cet instant je fis la plus grosse erreur de ma vie. Je venais de repousser l'homme que j'aimais.

Je me détestais tellement d'avoir fait une chose aussi stupide, mais je ne voyais pas d'autre solution.

Et depuis ce jour, je n'entendis plus jamais parler de lui. D'ailleurs, il n'avait pas cherché à me revoir.

J'en étais bouleversée, mais je ne pouvais le lui reprocher. Je l'avais volontairement poussé à le faire.

Chapitre 17

Deux mois plus tard…

Après une grande remise en question, j'avais décidé de passer à autre chose.

Je ne voulais plus croire au prince charmant et je ne voulais plus rien attendre. Je vivais au jour le jour. Je ne cherchais pas à provoquer les choses. J'attendais que le hasard fasse calmement son travail. Parce que, dans le fond, c'est ce que je désirais. Une petite vie calme sans drama et sans problème.

Avec Tom, une star de cinéma, il était évident que je n'aurais pas eu cette vie-là !

Mais très vite, le destin me rappela aussi que ce n'était pas moi qui décidais totalement et ce jour-là, ma vie bascula…

C'était une belle journée de printemps. J'en profitais pour sortir et m'aérer un peu. J'avais aussi en tête de me mettre à la pâtisserie pour me changer les idées. J'avais une envie de cookies qui ne me quittait plus, mais il me manquait quelques ingrédients.

Un petit tour chez Maddie et je pourrais me mettre aux fourneaux.

Je quittai le bâtiment et tombai sur Tyler et sa bande. Assis sur ces marches, ils discutaient.

Le gamin s'adressa aussitôt à moi lorsque j'arrivai à leur niveau.

— Hey ! Salut Bee.

— Salut les gars !

— Tu vas où ?

— Faire quelques courses.

— Super, ça tombe bien. J'ai faim ! Je mangerais bien du chocolat. Une bonne tablette de *Choco Mamba*.

— Du chocolat ?

— Ouais ! Dis, tu m'en rapportes une ?

— Haha ! Si tu viens avec moi.

— Mais non Bee. J'peux pas, là ! On attend les gars, on va sur le terrain.

— Bon alors tant pis. Tu n'as pas si faim que ça, répondis-je en souriant.

— Allez s'teu plaît, Bee !

— Hum… Alors, si tu es sage.

— Hey ! Qu'est-ce que tu crois ? J'suis toujours sage !

— Mouais… Bon ça va. Je serai de retour dans une petite heure.

— OK ! À toute !

Je leur tournai le dos et partis attendre mon bus.

Arrivée là-bas, Maddie m'attendait déjà. Elle et son époux étaient en train de réorganiser une des salles de l'association.

Ils organisaient une petite fête en l'honneur de la doyenne de notre quartier qui fêtait ses cent-deux ans dans quelques jours. Et tout le monde venait mettre la main à la pâte. Les bénévoles étaient très nombreux.

Comme d'habitude, avant d'emporter quelques provisions, je leur donnai un coup de main.

Monsieur Angeli, son mari, me remercia.

Je repris le chemin inverse et arrivai un peu plus tard que prévu. Mais très vite, à mon retour, je compris que quelque chose n'allait pas…

La police était là, les pompiers également. Les gens étaient attroupés au même endroit. Ils étaient silencieux et une incommensurable tristesse se lisait sur leurs visages.

La mère de Tyler hurlait dans la rue, elle était en pleurs, pieds nus et à moitié vêtue. Elle devait être encore alcoolisée ou sous l'effet de stupéfiants.

Mais je ne compris sa réaction que lorsque mon regard se posa à terre, sur une mare de sang. Les secours avaient recouvert un corps avec un drap blanc et ils étaient en train de l'embarquer dans le véhicule. Sa mère se mit tout à coup à hurler son nom.

Alors je compris enfin ce qui s'était passé.

Le gosse était parti…

À ce moment-là, les médias s'étaient déjà emparés de l'affaire et le quartier des Atlas faisait la une de tous les journaux.

Un autre gamin avait été tué. Sûrement une rixe entre bandes rivales. Les habitants étaient sous le choc.

Tom entendit cela aux informations. Il saisit immédiatement son téléphone et composa le numéro d'Abby, mais celle-ci ne répondit pas.

D'après des témoins, une voiture noire aux vitres fumées avait foncé dans la rue et deux hommes armés avaient ouvert le feu. Tyler semblait en être la cible. Ses amis étaient légèrement blessés, mais lui avait succombé à ses blessures.

Je lâchai mon sac de courses en pleine rue. Je n'avais plus de force. J'étais pétrifiée. Et dire que je lui avais parlé environ une heure plus tôt. Il s'en était allé comme ça, sans que je puisse le revoir ou lui parler une dernière fois. C'était insensé. Je nageais en plein cauchemar.

J'observai la scène presque inconsciente. Je ne repris mes esprits qu'au bout de quelques secondes.

Je saisis la barre de chocolat dans ma poche, celle qu'il m'avait demandée plus tôt, et l'observai quelques secondes sans dire un mot, les larmes aux yeux. Je m'en voulais tellement de ne pas l'avoir convaincu de venir avec moi. J'aurais dû insister davantage pour qu'il m'accompagne. Peut-être qu'il serait encore en vie ?

Je la replaçai dans ma poche et rentrai à la maison le cœur lourd.

Je rangeai les courses comme d'habitude tout en restant silencieuse. Je n'adressai presque pas la parole à maman. Je ne voulais pas l'ennuyer avec ça.

Je saisis mon téléphone pour regarder l'heure. Celui-ci m'indiqua deux appels en absence. Je le remis dans ma poche et, bouleversée, je regagnai ma chambre.

À l'intérieur, je m'effondrai en larmes, accroupie derrière la porte, en repensant au triste spectacle auquel je venais d'assister.

Tyler était mort. Et dire que depuis que je le connaissais je faisais tout mon possible pour le protéger et l'aider à prendre le bon chemin. Je m'étais attachée à ce gamin. Il était devenu comme un petit frère. J'avais échoué et je n'arrivais pas à me le pardonner.

Plongée sous une multitude de remords et abattue par le chagrin, mon téléphone se mit à sonner.

Je ne voulais pas répondre, mais à cet instant, j'avais terriblement besoin de réconfort.

— Bonjour Abby. J'ai essayé de vous joindre, mais vous ne répondiez pas. J'ai entendu ce qui s'est passé aux informations. Je me suis inquiété. Est-ce que ça va ?

— Ça va, Tom, je vais bien, disais-je d'une voie frêle.

Je ne pus retenir mes larmes plus longtemps, c'était plus fort que moi.

Il n'y avait plus de doute. Tom sentit bien que quelque chose n'allait pas.

— Abby ? Vous pleurez ?

— Non ! Tout va bien.

Je tentai de me contenir, mais mes sanglots me trahirent.

— Abby, dites-moi ce qui s'est passé.

— Tom, je…

— Abby, parlez-moi !

— …

Je n'arrivai pas à émettre le moindre mot. J'étais tellement mal.

— Abigaëlle ? Vous êtes là ?

Je ne tardai pas à pleurer toutes les larmes de mon corps. C'en était trop. C'était trop dur à supporter. Je crois qu'à cet instant, Tom était le seul à pouvoir calmer mes pleurs. J'avais besoin de lui pour aller mieux.

— Je vous en supplie, venez me chercher.

— Attendez-moi, j'arrive tout de suite !

Tom ne perdit pas une minute, il monta dans sa voiture et prit la direction du Belvédère.

Une trentaine de minutes plus tard, Tom arriva à destination. Il m'attendit devant sa voiture. Je descendis pour le rejoindre, les mains dans les poches.

— Ça n'a pas l'air d'aller, lança-t-il, désolé.

— Pas vraiment, non.

— Montez !

Il m'observa sans dire un mot. Je regardai à terre, je ne savais pas par où commencer. Alors, il prit la parole.

— Où voulez-vous aller ?

— Où vous voudrez ! N'importe où sauf ici, dis-je la voix nouée.

Tom s'exécuta. Il mit en route la voiture et nous partîmes.

Après une vingtaine de minutes, nous arrivâmes dans les beaux quartiers. Tom prit la direction d'un endroit où la vue était splendide. De là, on pouvait distinguer la ville en contrebas. Le soir, tout était illuminé. Le spectacle était grandiose. Mais ce soir-là, ce paysage avait des allures de mélancolie.

Je détachai ma ceinture et m'enfonçai dans le siège tout en observant devant moi.

— Vous voulez bien me dire ce qui s'est passé ?

Je ne savais pas comment aborder le sujet. Les larmes se mirent à couler de nouveau.

— C'est Tyler.

— Celui qui vous a souhaité « joyeux anniversaire » la dernière fois ?

— Oui...

En me remémorant ce souvenir, je ne pus me contenir. Tom me tendit un mouchoir.

— Que s'est-il passé ?

— Il est mort !

— ...

Il reposa sa tête contre l'appui-tête et soupira.

Je n'arrivai plus à me retenir et préférai sortir respirer un peu.

— Je suis désolée, dis-je en pleurant.

J'ouvris la porte et m'appuyai contre le capot de la voiture. Je fixai l'horizon avec colère.

Tom descendit pour me rejoindre.

— Abby, je suis vraiment désolé, me dit-il tristement.

J'essuyai mes larmes de temps en temps.

— Il voulait être basketteur... C'était son rêve...

Pourquoi ? Pourquoi lui ?

J'avais si mal. Je me sentais tellement coupable.

— C'est injuste. Je sais à quel point vous l'appréciiez.

— J'aurais tellement voulu l'aider. J'aurais tellement voulu qu'il sorte de cet enfer. Il ne méritait pas de finir comme ça. Il faut vraiment que je quitte cet endroit. Je ne veux plus vivre ça !

Je pleurai de plus belle.

Tom s'avança vers moi et me prit dans ses bras. Il me serra si fort que je commençai déjà à aller mieux.

Nous passâmes une petite heure ensemble, puis il me reconduisit chez moi.

Sa présence m'avait réconfortée. S'il n'avait pas été là ce soir, j'aurais probablement continué à me morfondre dans ma chambre et je n'aurais pas eu le courage d'affronter le monde extérieur.

Sa démarche m'avait profondément touchée. Dans le fond, il n'était pas obligé de faire ça. Cela faisait un petit moment que nous ne nous étions pas vus.

J'étais persuadée qu'il avait refait sa vie. Je pensais qu'il m'avait définitivement oubliée. Je ne pensais pas qu'il se serait inquiété pour moi. Apparemment, j'avais tort.

Les jours défilaient et je n'arrivais pas à faire mon deuil. Je pensais sans cesse à Ty. Le chagrin me rongeait un peu plus chaque jour. Pour couronner le tout, je commençais à avoir des pensées négatives. Avec tout ce que je subissais depuis des années, je n'en pouvais plus. C'était la fois de trop. Je n'y arrivais tout simplement plus ! Je n'arrivais plus à trouver la force qui m'animait chaque jour. Elle avait disparue. Je voulais tout plaquer et en finir une bonne fois pour toutes.

Je m'isolais dès que je le pouvais. J'avais l'impression d'être éteinte de l'intérieur.

J'en voulais à la Terre entière. Je repoussais tout le monde, même Tom.

Après ce tragique évènement, il continua de m'appeler et de m'envoyer des messages. Mais j'avais décidé de rompre tout contact entre nous. Je ne voulais pas le déranger avec mes problèmes. Et puis, de toute façon, ça ne le regardait pas, il était retourné avec cette femme et moi, je devais lutter pour tenir bon.

Je n'avais personne à qui parler et je me sentais plus seule que jamais.

♡

Heureusement, Maddie était là. Elle tentait de m'aider du mieux qu'elle pouvait.

Elle était toujours là pour moi et m'écoutait quand j'avais besoin de crier ma détresse. Nous passions souvent du temps ensemble en dehors de l'association.

Depuis la mort du gosse, elle sentait que j'avais perdu ma joie de vivre et ça l'inquiétait. Alors, un samedi après-midi, après le travail, elle me demanda de la rejoindre chez elle.

Elle avait préparé du thé et des gâteaux. Nous rejoignîmes le petit salon situé sur sa véranda et prîmes place dans les fauteuils.

Comme d'habitude, nous discutâmes de tout et de rien. Elle saisit la théière et tout en remplissant nos tasses en vint directement au fait.

— Je sens bien que quelque chose ne va pas, me dit-elle.

— C'est vrai. Rien ne va en ce moment. Je suis à deux doigts de perdre pied, vous savez.

— Mais tu ne le feras pas ! Parce que tu es plus forte que tu ne le crois.

— Les gens forts ont aussi leurs faiblesses…

— Peut-être, mais regarde tout ce que tu as vécu depuis que tu es ici. Je ne connais pas de jeune femme plus courageuse et battante que toi.

— Merci Maddie, dis-je en souriant.

— Mais si tu me disais ce qui te contrarie, ma chérie ?

— Je voudrais changer de vie. Je voudrais tellement vraiment voir autre chose, mais ce n'est pas demain la veille que ça arrivera.

— Ça viendra. Le chemin est souvent long et parsemé d'embuches, avant d'entrevoir le bout du tunnel.

— À ce qu'il paraît, oui…

— Tiens bon !

— Je vais essayer.

— J'ai l'impression qu'il y a autre chose…

— On ne peut rien vous cacher.

— J'ai eu ton âge, tu sais, dit-elle amusée.

Ce qu'elle venait de dire me fit rigoler.

— J'aime un homme. Enfin je crois. Mais c'est compliqué.

— Compliqué dans quel sens ?

— On est différents…

— Différents comme monsieur Angeli et moi ?

— Pas vraiment… Plutôt dans le style femme de ménage et star de cinéma…

— Oh je vois ! Tu l'as rencontré à l'hôtel ?

— Oui.

— Et est-ce qu'il t'aime ?

— Je ne suis pas sûre. Enfin, je pense que oui, mais on est trop différents. En fait, je ne suis plus sûre de rien. Tout ce que je sais c'est que ça ne peut pas fonctionner entre nous.

— Et pourquoi pas ? Tu penses sincèrement que l'argent et la célébrité sont plus importants que l'amour ?

— Peut-être pour certaines personnes.

— Peut-être, mais si ce garçon t'aime réellement alors ne mets pas de barrières là où il n'y a pas besoin d'en avoir.

Je souris. C'était si bien dit.

— Vous feriez quoi à ma place ?

— Je laisserais nos différences de côté et je nous donnerais une chance.

J'esquissai à nouveau un sourire.

— C'est beau ce que vous dites.

— Et c'est surtout vrai ! Crois-tu que si j'avais écouté toutes les personnes qui voulaient nous séparer à cause de notre couleur de peau, monsieur Angeli et moi serions encore ensemble ? Dans quelques jours, nous fêterons nos quarante ans de mariage. Ça n'a pas été facile, mais nous avons tenu. Parce que notre amour était plus fort que tout. Peu importaient nos différences.

Cette femme m'inspirait tant. En entendant cela, j'avais presque envie de revoir Tom.

— J'aimerais vivre la même chose que vous.

— Cela ne tient qu'à toi et à lui. Si ton cœur te dit que c'est le bon, alors suis son conseil.

— D'accord, je vais y penser.

Je continuai de faire une petite mine.

— On dirait que ce n'est pas tout…

— Vous avez raison. Il n'y a pas que ça…

— Tu penses à Tyler, n'est-ce pas ?

— Oui.

— C'était un brave garçon. J'ai été tellement peinée d'apprendre cette nouvelle. Mais je sais ce que tu ressens !

— Non, Maddie, vous ne pouvez pas savoir, parce que je l'aimais comme un petit frère. J'ai l'impression que plus rien ne sera pareil. Je ne sais pas si je supporterais de ne plus le revoir.

— Détrompe-toi. Je sais parfaitement ce que tu ressens car c'est exactement ce que j'ai ressenti lorsqu'ils m'ont enlevé mon fils…

Je n'étais pas sûre d'avoir bien saisi. Son fils ?

— Quoi ?

— J'avais un fils de ton âge. Mais, comme Tyler, il était là au mauvais endroit, au mauvais moment. Ce jour-là ma vie s'est arrêtée.

C'était donc ça l'histoire. Je compris alors pourquoi je la voyais si triste tous les jours. Pourtant elle avait toujours le sourire, mais ce n'était qu'une façade.

— Je ne savais pas. Je suis désolée, Maddie.

La pauvre en avait vu de belles, elle aussi. Mais c'est ce qu'elle me dit ensuite qui me toucha en plein cœur. Elle en avait presque les larmes aux yeux.

— Il me manque terriblement, mais sa mort m'a permis d'être quelqu'un de meilleur. Chaque jour que Dieu fait, je me bats pour aider les autres et pour aider tous ces gamins. Alors lorsque tu quitteras cette maison, tu continueras à avancer jeune fille ! *fit-elle, les yeux larmoyants.* Parce que la vie est ce qu'elle est, mais elle mérite d'être vécue. Je ne dis pas que ça sera facile, mais tu t'accrocheras et tu te battras jusqu'au bout ! Pour toi, pour Tyler et pour toutes les personnes qui croient en toi.

Je m'approchai d'elle et la serrai dans mes bras.

— Je vous le promets.

Maddie avait su trouver les mots pour me motiver et me réconforter.

Je rentrai à la maison l'esprit serein. Cela faisait longtemps que je n'avais pas été aussi détendue. Même maman ne s'était pas gênée pour me le faire remarquer.

J'avais peut-être juste besoin d'entendre cela. Il fallait juste que quelqu'un me parle et me dise que tout ira bien. Que tout se passera bien, même si j'en étais peu convaincue.

Plus tard, dans la soirée, j'avais même en tête d'envoyer un message à Tom pour me faire pardonner de ne plus lui donner de nouvelles.

Dans mon lit, je repensai à tout ce que Maddie m'avait confié. Il était presque vingt-deux heures lorsque je saisis mon téléphone et composai un message à l'attention de Tom, mais je finis très vite par laisser tomber. S'il était avec Ambre, mon message aurait été très mal perçu. Je ne voulais pas le déranger.

Je priai tout de même pour qu'un miracle se produise.

Chapitre 18

La lune était pleine ce soir. Il faisait froid et la nuit tomba très vite. Je terminai mon service vers vingt-trois heures.

Par chance, je réussis à avoir un bus tout de suite.

Je rentrai enfin chez moi. Les gars de la cité étaient là et, comme d'habitude, ils m'observèrent en train de marcher. Ils s'adressèrent à moi et tentèrent de me retenir pour que je leur tienne compagnie. Comme chaque soir, je leur touchai deux mots et rentrai directement, prétextant que je devais m'occuper de ma mère. Ce qui était réellement le cas.

Heureusement pour moi, ils connaissaient ma vie et savaient que je ne mentais pas. Mon histoire devait sûrement les émouvoir alors ils n'insistèrent pas. Au fond, ce n'étaient pas de méchants gars, il ne fallait juste pas les déranger dans leur business.

En tout cas, depuis que je vivais ici, ils avaient toujours été très corrects avec moi. Pour certains comme Daryl, j'étais même devenue une sorte de petite sœur.

À mon arrivée, je trouvai maman endormie dans son fauteuil. Elle avait grignoté un fruit et bu une tisane.

Elle ne devait sûrement plus avoir la force de m'attendre.

Je la conduisis dans sa chambre et la mis difficilement au lit comme d'habitude.

J'avais enfin la nuit pour moi. Je pris une douche et j'essayai de me détendre.

Je me dirigeai vers la cuisine et ouvris les placards qui étaient pratiquement vide, tout comme le réfrigérateur. Seules deux bouteilles d'eau se battaient en duel à l'intérieur.

À cet instant, je me rappelai qu'une grande matinée m'attendait le lendemain. C'était jour de courses !

Heureusement qu'il y avait les associations pour nous aider, car je ne savais pas comment nous aurions fait pour tenir. Demain, j'allais encore devoir quémander quelques vivres à Maddie pour que nous puissions manger…

Mon ventre se mit à gargouiller, alors pour ne pas me coucher le ventre vide, je fis comme ma mère. Je saisis la dernière pomme et bus un verre d'eau.

Je pensais encore au môme. Même si j'allais mieux, depuis qu'il avait disparu, il hantait mes pensées. Je n'arrivais plus à me défaire de son image. Si bien que depuis sa mort, j'étais devenue insomniaque.

Il était presque une heure du matin. J'avais pratiquement lu tous les bouquins qui étaient dans ma chambre. Je commençai à déprimer. Les idées noires m'envahirent de nouveau. Mais les paroles de Maddie retentirent dans un coin de mon esprit.

Par chance, mon téléphone se mit à sonner au même moment comme pour faire fuir mes démons. Peut-être s'agissait-il d'un signe ?

C'était un numéro inconnu. Je répondis sur un coup de tête, ce qui n'était pas dans mes habitudes.

— Allo Abby…

— Tom ?

— Abigaëlle, ne raccrochez pas !

Je ne savais plus quoi dire. C'était bien la première fois qu'il m'appelait avec un numéro masqué et surtout à cette heure si tardive. Il pensait sûrement que je n'aurais pas décroché en voyant son numéro s'afficher.

— …

— Je vous en supplie, il faut qu'on se voie.

Cela faisait un bon moment que j'avais cessé tout contact avec lui, depuis la mort du petit. Je ne savais pas pourquoi j'agissais de la sorte. C'était tellement stupide de ma part. Je le repoussais alors que j'avais grand besoin de lui.

— Tom… Je ne peux pas. Il est tard. Je…

— S'il vous plaît. C'est important ! Il faut vraiment que je vous voie.

Il avait une petite voix. J'avais l'impression qu'il n'allait pas bien du tout. On dirait même qu'il avait pleuré.

— Tom, vous ne dormez pas à cette heure-là ?

— Je n'y arrive pas. Il faut d'abord que je vous voie.

Il insista alors je cherchai une excuse.

— Tom… Vous avez vu ce qui s'est passé avec votre petite amie la dernière fois. Je préfère qu'on évite de…

— Il est tard. Simon va passer vous récupérer. Je vous attends.

Il raccrocha instantanément.

Je savais de quoi il était capable. Son chauffeur était même probablement déjà en route. Alors je m'habillai pour prendre les devants.

Une vingtaine de minutes plus tard, mon cellulaire sonna à nouveau. Simon me fit savoir qu'il était arrivé. Je descendis pour le rejoindre.

Dans la voiture, j'appréhendai nos retrouvailles. Après tout ce qui s'était passé, j'avais peur que ça se passe mal.

Arrivés à destination, son chauffeur me conduisit devant sa résidence et repartit aussitôt.

J'entrai les codes que Tom m'avait donnés et entamai mon ascension vers son appartement.

À mon grand étonnement, sa porte d'entrée était ouverte. Ce n'était pas son genre, à moins qu'il ait su que j'étais là et avait voulu gagner du temps en l'ouvrant.

J'entrai et refermai derrière moi.

— Tom ? Est-ce que vous êtes là ?

Je commençai à avoir peur. Il faisait sombre et il n'y avait pas un bruit. J'espérai que rien ne lui fut arrivé.

J'entendis soudain un petit bruit près du dressing.

— Tom ? C'est Abby ! repris-je d'une voix tremblante.

— Je suis dans la chambre.

Ouf ! Je fus enfin rassurée. Mais en arrivant sur les lieux, j'assistai à une scène étrange.

Je découvris Tom assis par terre, dans le noir, adossé contre son lit. Le clair de lune était si fort qu'il éclairait la pièce entièrement. Une bouteille de whisky était posée à côté de lui.

— Tom, qu'est-ce qui se passe ? Est-ce que ça va ?

Il se tourna vers moi et esquissa un sourire.

— Ça va mieux maintenant.

Je le rejoignis et au passage, j'aperçus le dessin que je lui avais offert pour son anniversaire. Celui-ci était posé sur sa table de chevet. J'en étais extrêmement émue tout à coup. Moi qui pensais qu'il avait fini aux oubliettes…

Je m'assis à ses côtés.

— Pourquoi êtes-vous assis par terre dans le noir ?

— Parce que rien ne va !

— Vous avez raison. Il faut qu'on parle.

— Je ne sais pas si ça changera quelque chose…

Je sentis que la soirée allait être longue. À première vue, il avait bu. Ça allait être compliqué de lui tirer les vers du nez.

— Alors, pourquoi m'avoir fait venir à cette heure-ci ?

— J'avais besoin de vous voir.

— Et maintenant que je suis là ? demandé-je d'une voix douce.

— Je ne veux plus que vous partiez !

Ce qu'il venait de dire me laissa sans voix.

Il se leva, se posta devant la baie vitrée de sa chambre et observa l'horizon, l'air mélancolique.

— Je pensais que j'étais un peu plus que ça à vos yeux…

— De quoi parlez-vous ?

— Vous avez tenté de me convaincre de retourner avec Ambre. Vous m'avez évité pendant des jours. Je vous ai pourtant prouvé que je tenais à vous. Je ne vous ai jamais abandonnée. Même quand Tyler a disparu alors que vous ne vouliez plus qu'on se revoit… Je pensais que vous aviez un peu plus d'estime pour moi.

Je me levai et le rejoignis.

— Tom, ce n'est pas ce que vous croyez ! J'ai fait ça pour votre bien. Je voulais votre bonheur. Et puis la mort de Ty m'a vraiment affectée. Il fallait que je me recentre. J'avais besoin de faire le point. J'ai beaucoup de mal à faire son deuil.

— Je sais tout ça, mais je vous aurais aidée. Je ne vous aurais jamais laissé traverser ça toute seule.

— Je suis désolée Tom, mais je ne savais plus quoi faire. J'étais perdue. Mais pourquoi est-ce que vous me dites tout ça ?

— Parce que je souffre et que je ne veux plus faire semblant.

— J'ai du mal à vous suivre.

— Abigaëlle, je vous aime !

— …

Je crus m'évanouir en entendant ces mots. Tom m'avait avoué ses sentiments. D'accord, nous nous étions rapprochés, mais je pensais que nous étions amis et rien de plus. Et puis, il y avait une femme entre nous. Jamais je n'aurais pensé qu'il entretenait ce genre de sentiments à mon égard.

— Tom, je crois que vous avez trop bu. Vous ne pensez pas vraiment ce que vous dites.

Il se tourna vers moi et me fixa droit dans les yeux.

— Oh si, j'en suis tout à fait conscient et je vous le répète. Je vous aime ! Mais je sais à présent que ce n'est pas réciproque.

— Vous vous trompez ! Je vous apprécie.

Il fixa à nouveau le lointain.

— Ah oui ? Pourtant j'ai bien ressenti que vous me repoussiez à chaque fois. Et il y a toujours ce malaise entre nous…

— Ça n'a rien à voir avec vous. C'est plus compliqué que cela.

Il me regarda.

— Très bien alors expliquez-moi. Je peux tout entendre.

— Je ne peux pas…

— Je vois… Si vous m'appréciiez tant que ça, vous n'auriez jamais cherché à m'éviter ou encore moins à vous mettre en couple.

Là, il fallait que je lui avoue tout. Les choses prenaient une sacrée tournure. Je ne voulais pas qu'il se fasse de fausses idées.

— OK… Alors là, vous n'y êtes pas ! Il faut que je vous avoue quelque chose…

— Je vous écoute.

— Je vous ai menti !

— C'est-à-dire ?

— Enfin, j'ai rencontré quelqu'un, mais ça n'a pas duré.

— Je le sais !

— Comment ça, vous le savez ?

— Mon détective…

— Vous m'avez fait suivre, encore ? Je croyais que vous me faisiez confiance.

— Je n'ai pas eu le choix. La dernière fois que nous nous sommes vus, j'ai bien senti que vous me cachiez encore quelque chose. J'ai su pour vous et le chauffeur de bus. Mais pourquoi ne pas m'avoir dit la vérité ? Pourquoi ne pas m'avoir dit qu'il ne s'était rien passé avec lui avant notre conversation ?

— Parce que c'était mieux comme ça.

Il s'emporta.

— Abigaëlle… Dites-moi la vérité !

— J'étais persuadée que vous alliez vous remettre avec Ambre ! Alors je me suis dit qu'il était temps de passer à autre chose. Nous sommes sortis ensemble, mais je vous jure qu'il ne s'est rien passé entre nous. Et puis…

— Et puis ?

— J'ai fini par me rendre compte que cette relation ne pouvait pas durer.

— Pour quelle raison ?

— Parce que j'aime un autre homme, mais c'est compliqué.

Il s'approcha un peu plus près de moi.

— Est-ce que je le connais ? demanda-t-il avec un sourire.

Il m'avait posé cette question aussi la dernière fois. Cela m'amusa.

— Oui, je crois bien.

J'étais si gênée que j'observai l'horizon à mon tour.

— Je suis presque sûr que vous ressentez la même chose que moi.

— Peut-être, mais ce qui se passe entre nous, ce n'est pas réel.

— Que je vous dise que j'aime passer du temps avec vous, ce n'est pas réel ? Que je vous dise que vous avez changé ma façon de voir le monde, ça n'est pas réel ? Que je vous dise que je pense à vous depuis le premier jour de notre rencontre et que je ne pense plus qu'à vous, ce n'est pas réel ? Comment vous montrer et vous prouver ce que je ressens ?

C'en était de trop ! Je ne pouvais le laisser continuer. J'avais bien trop honte de moi.

— Il n'y a rien à dire de plus. Écoutez, il faut que j'y aille. Cette conversation n'a aucun intérêt et il est tard !

— Aucun intérêt ? Alors qu'est-ce que je dois penser de tout ça ? Nous nous sommes rapprochés. Vous pouvez le nier tant que vous voulez, mais il s'est passé quelque chose entre nous. Que vous le vouliez ou non !

— …

— Mais dans le fond, peut-être que je me suis trompé à votre sujet ? Vous êtes peut-être une arriviste comme Ambre et toutes ces femmes que j'ai connues ? Vous vous êtes peut-être juste servie de moi et maintenant que vous avez assez profité, vous me tournez le dos comme les autres ?

Ses paroles me blessèrent terriblement.

— Comment pouvez-vous dire ça ? C'est vraiment ce que vous pensez de moi ?

À cet instant, l'émotion me submergea et les larmes se mirent à couler.

— Je suis désolé, Abby. Je suis un idiot. Ce n'est pas ce que j'ai voulu dire.

— …

J'en avais assez entendu. Je pris la direction de la porte, mais il m'empêcha de partir.

— Abigaëlle, pardon. Je n'ai jamais pensé ça. Je suis juste excédé. Si je vous ai dit de venir, c'est parce que vous êtes la seule qui arrivez à me redonner le sourire. Je sais que ces derniers temps ont dû être insurmontables pour vous, mais il fallait que je vous voie, que je vous parle. Ça en devenait vital. J'ai besoin de vous dans ma vie. Si je vous perds, je ne serai plus le même.

Je comprenais mieux. Il avait vraiment besoin de se confier.

— Je suppose que ça ne s'est pas passé comme vous l'auriez espéré avec Ambre…

— Je ne veux plus la revoir !

— D'accord. Alors je respecte votre décision, mais en ce qui nous concerne, vous voyez bien que nous ne sommes pas du même monde !

— Qu'importe.

— Non, Tom. Ça n'aurait pas dû se passer de cette façon. Vous auriez dû vous en tenir à notre rencontre et c'est tout ! Pourquoi m'avoir envoyé ce bouquet, puis un autre et encore un autre ? Pourquoi avoir cherché à me joindre par la suite ? Pourquoi avoir continué à me fréquenter pendant tout ce temps ? Je ne comprends pas ! Pourquoi continuer à vous accrocher ? Il y a des centaines de femmes bien plus jolies, dans une situation matériellement bien plus confortable que la mienne et beaucoup plus aisées que moi qui rêveraient d'être à vos côtés. Alors ne me dites pas que vous ressentez quelque chose pour moi parce que c'est impossible ! Qu'est-ce que vous attendez réellement de moi ? Qu'est-ce que vous voulez exactement ?

— Vous ! Maintenant, je le sais. C'est vous que je veux.

— Tom… ne dites pas n'importe quoi !

— Je vous ai appréciée depuis notre première rencontre. Et depuis, je n'ai cessé de penser à vous. Qu'importe votre situation financière, l'endroit où vous vivez, votre vécu, vous êtes la plus belle personne que j'ai rencontrée depuis bien longtemps. J'ai toujours cru que seuls l'argent et l'apparence comptaient dans ce monde. Mais depuis que je vous connais, je sais que tout ça est futile. Je me fiche de nos différences ! C'est avec vous que je veux être.

— Oh Tom…

Il se rapprocha un peu plus près et me donna un baiser.

Nous passâmes la nuit ensemble. Pour être honnête, cela faisait une éternité que je n'avais pas couché avec un homme.

Ce que je ressentis cette nuit-là fut magique. Ses baisers furent doux, nos deux corps s'enlacèrent tendrement.

Un peu plus tard, il s'endormit. Je l'observai, il était si beau. Je n'arrivais pas à croire que tout ceci s'était vraiment passé. Je finis par m'assoupir à ses côtés.

♡

Je fus réveillée par les rayons de soleil. Tom était encore endormi.

Je levai légèrement la tête et jetai un œil à son réveil. Il était presque six heures trente.

Je l'observai un instant. Il était si calme, si beau. Je n'arrivais pas à comprendre comment un homme comme lui pouvait s'intéresser à moi. Il était acteur et riche. Moi, je n'avais rien, je n'étais rien. Deux mondes nous opposaient totalement.

Les remords commencèrent à m'envahir. J'avais honte de moi, de ma situation. Je ne pouvais lui infliger ça. Il ne méritait pas d'être avec une femme comme moi.

J'étais loin d'oublier cette soirée. J'avais sincèrement aimé ce moment. J'étais à ses côtés et je n'avais plus envie de le quitter, pourtant ma petite voix intérieure me dit qu'il était temps de sortir de ce doux rêve.

J'avais promis à maman d'aller faire les courses.

C'était complètement insensé de penser ça, mais même si à présent j'étais certaine de l'aimer, il fallait que je prenne mes distances.

Je me levai sans faire de bruit et récupérai mes vêtements.

Je m'habillai rapidement dans son salon. J'avais peur qu'il me surprenne et me retienne, mais je finis par quitter les lieux.

Arrivée au coin de la rue, j'attendis le bus et, après plusieurs changements, je finis par rentrer chez moi.

La cité était calme au petit matin. À part des enfants qui allaient à l'école, il n'y avait pas un chat.

Maman était déjà debout. Je vins l'aider à se lever.

— Bonjour ma fille.

— Bonjour maman.

— Tu es déjà habillée ? Ce n'est pas ton jour de repos ?

— Si maman, mais je n'ai pas dormi ici. Je viens de rentrer. J'étais chez Gloria. On a passé la soirée ensemble.

— Ah ! C'est bien ma fille. Je suis contente que tu sortes un peu, que tu voies autre chose.

Je lui souris comme d'habitude. Si elle savait comme j'étais triste au fond.

— Voilà, c'est bon. J'ai terminé de faire tes pansements. Je vais aller te faire ta tisane maintenant. Il reste un peu de pain. J'irais faire les courses plus tard.

Je l'aidai à s'asseoir dans son fauteuil. C'était encore douloureux. Lorsque je l'aidai à se relever, j'avais très mal au dos, mais je ne laissai rien paraître.

Arrivées dans la cuisine, je lui préparai à manger. C'était un maigre petit déjeuner, mais on n'avait rien d'autre.

J'avais faim, mais il n'y avait pas assez à manger pour deux, alors je préférais ne pas y penser.

— Merci ma fille, maintenant va te coucher. Tu iras plus tard.

— D'accord.

Je lui donnai un baiser sur le front et je me dirigeai vers ma chambre. Je me déshabillai pour enfiler mon pyjama et plongeai dans mon lit.

Je repensai à cette nuit avec Tom. J'avais tellement envie d'être avec lui. Je luttais pour ne pas retourner le voir. Quand soudain, je me mis à pleurer.

Cette situation était insupportable. Je ne savais plus quoi penser de notre relation. J'étais mal. Si mal. Je m'étais enfin rendu compte que je l'aimais. Je n'arrivais pas à me le sortir de la tête. J'avais l'impression d'être un imposteur. Je m'accrochais à cet homme alors qu'il n'était pas fait pour moi.

Tant bien que mal, je réussis tout de même à trouver le sommeil.

Je dormis quelques heures et me réveillai avec ce chagrin qui ne m'avait pas quittée.

Je jetai un œil à mon téléphone et constatai plusieurs appels en absence. C'était Tom. Il m'avait appelée. J'avais une trentaine d'appels en absence.

Incroyable ! Est-ce que j'avais bien lu ? Il m'avait déjà laissé plusieurs messages.

Je lus son premier texto :
« Bonjour Abby,
J'espère que vous allez bien.
Je voulais vous remercier pour cette nuit. C'était magique.
Je voulais vous faire le petit déjeuner ce matin, mais j'ai eu la surprise de constater que vous aviez disparue.
Si vous ne faites rien aujourd'hui, j'aimerais qu'on passe la journée ensemble.
J'essaierai de vous rappeler plus tard.
++
Tom »

Puis après plusieurs appels, j'écoutais son premier message vocal :
« Abby, pourquoi vous ne répondez pas ? Je m'inquiète. Rappelez-moi dès que vous aurez ce message s'il vous plaît. »

Et le suivant :
« Abby, c'est encore Tom. Rappelez-moi dès que vous pourrez. »

Waouh ! C'était bien la première fois qu'un homme insistait tant pour me parler.

Je frottai mon visage. C'était impossible. J'étais perdue. Que faire ? Est-ce que je devais le rappeler ? Est-ce que je devais revenir vers lui ou continuer de faire mon entêtée et tout faire pour l'éviter ?

Évidemment, j'optai pour la seconde option.

Je me levai, pris une douche et m'habillai. Une fois prête, je saisis le chariot de courses et embrassai ma mère.

Je quittai le bâtiment et patientai en attendant mon bus.

Devant moi, un couple s'embrassait. Était-ce un signe ?

Je les observai. Ils semblaient si heureux, si complices. Je m'imaginai quelques secondes à leur place avec Tom.

Mais mon bus arriva, comme pour me rappeler à la réalité.

Perdue à travers mes pensées, pendant le trajet, j'observai la ville défiler sous mes yeux.

Arrivée à l'association, je passai un peu de temps avec Maddie. Elle était en train de refaire la déco du magasin. Je l'aidai un peu avant de remplir mon Caddie.

Au bout de deux petites heures, mes courses furent terminées.

Il était presque dix-huit heures. Je devais faire vite car maman devait avoir très faim. La pauvre n'avait rien à manger depuis ce matin.

Une vingtaine de minutes plus tard, je fus rentrée. Il était temps de préparer le dîner.

Le chariot était si lourd que je peinais à le faire passer la porte.

J'enlevais mon manteau, mon écharpe et mon bonnet.

— Maman, c'est moi. Je suis rentrée ! J'ai ramené pleins de bonnes choses. Oh ! Et Maddie est tellement gentille. Elle nous a laissé des chocolats. *Je me baissais et cherchais les deux boîtes.* C'étaient les invendus des supermarchés. Les gens se sont rués dessus, mais elle a quand même réussi à nous en mettre de côté.

— Bonjour Abby.

Je me figeai instantanément et me retournai lentement. Tom me fit face.

— Qu'est-ce que vous faites là ?!

J'approchai un peu. Je regardai à droite puis à gauche. Pourquoi maman n'était pas avec lui ?

— Vous êtes partie tôt ce matin et vous ne répondiez pas à votre téléphone. Je m'inquiétais pour vous alors je voulais m'assurer que tout allait bien.

— Chuuuut ! Pas si fort !

— Pour quelle raison ?

— Vous ne devriez pas être ici !

Ma mère entra enfin dans le salon. Je compris tout de suite qu'il devait être là depuis un petit moment et qu'ils avaient eu le temps de faire connaissance.

— Abigaëlle, ton ami est venu te voir. Pourquoi ne m'as-tu jamais présenté ce garçon tout à fait charmant ?

Je jetai un œil embarrassé à Tom qui sembla amusé.

Je l'observai, mal à l'aise. Quel moment gênant ! C'était donc ça le grand moment de solitude…

— Merci madame Saint-Clair.

— Je vous en prie, mais appelez-moi plutôt Eve.

— C'est un très joli prénom.

Je grimaçai. J'en fus stupéfaite.

— Ah ouais d'accord… On en est là, marmonnais-je… Je vais ranger les courses.

Je m'empressai de récupérer le Caddie et me dirigeai vers la cuisine.

Ils regardèrent tous les deux Abby s'éloigner.
— Excusez-moi, je vais lui donner un coup de main, fit Tom.
— Bien sûr. Faites, répondit-elle.

Tom m'avait suivie. Je commençai à ranger les courses. J'étais si contente de le voir, mais en même temps si furieuse. Je lui avais déjà demandé de ne pas remettre les pieds ici.

Même si je savais qu'à présent, il ne craignait pratiquement rien, je n'étais tout de même pas rassurée.

— Vous n'étiez pas obligé de venir !

— Alors qu'est-ce que j'aurais dû faire ? Attendre bien sagement que vous me rappeliez ? Ce qui n'aurait probablement jamais été le cas !

C'est exactement ce que j'avais l'intention de faire ! Vexée, je continuai de ranger les courses.

— Peu importe. Ce n'est pas l'endroit ni le moment pour en parler. J'aimerais que ma mère reste en dehors de ça.

— Je suis d'accord. Nous règlerons ça plus tard. Contentons-nous de passer une bonne soirée.

— Soirée ?

— Oui. Vu l'heure, je me suis dit pourquoi ne pas dîner tous ensemble ? Vous, moi et votre mère. Ça me ferait plaisir d'apprendre à la connaître. J'ai tout prévu. Je vais vous préparer quelque chose dont vous me direz des nouvelles ! rajouta-t-il avec un grand sourire.

Et en plus il savait cuisiner ! Cet homme était vraiment mon idéal masculin. Mais j'étais très embarrassée qu'il soit là.

— Vous êtes incroyable… soufflai-je, dépitée.

— Je sais.

— Je dois allez voir maman. Je vous abandonne un instant.

— Allez-y. Je vais m'y mettre.

Je récupérai dans mon gros sac à main des magazines et des livres que je tendis à maman.

— Tiens maman, Maddie m'a donné ça pour toi. Et j'ai aussi trouvé ces romans dans la boîte à livres au bout de la rue. Je me suis dit que ça te ferait plaisir.

Elle les saisit et sembla émue, comme toutes les fois où je lui ramenais quelque chose.

— Merci d'avoir pensé à moi ma fille.

Tom les observait depuis la cuisine. Il trouvait ça adorable. Il appréciait cette relation entre les deux femmes. Ce qu'il n'arrivait pas à créer avec sa mère.

Il fit aussitôt demi-tour et commença sa préparation.

Un peu plus tard, je retournai à la cuisine et retrouvai Tom en train de faire mijoter quelque chose.

— Qu'est-ce que vous faites ?

— Une spécialité de chez moi.

— Ça sent très bon. Je peux regarder ?

— Approchez, répondit-il en souriant.

Il s'écarta légèrement pour me laisser observer et se plaça juste derrière moi.

Il saisit la cuillère en bois et mélangea. J'avais l'étrange impression qu'il allait me serrer dans ses bras.

— Vous voulez goûter ?

— Euh…

Il plongea la cuillère dans le fait-tout et l'approcha de mes lèvres.

— Alors, vous en pensez quoi ?

— C'est vraiment très bon, lançai-je, gênée.

— Encore quelques minutes et ça sera prêt.

Je repris ma place.

— Vous êtes un homme plutôt occupé. Vous avez encore le temps de cuisiner ?

— Malheureusement non ! Mais ce soir, c'est différent. Ça me fait plaisir de vous faire à manger.

— …

— Au fait, je me suis dit qu'on aurait pu sortir ensemble ce soir ? Après le repas, que diriez-vous d'une petite balade ?

— Non ! Enfin… je ne sais pas.

— D'accord, je comprends. Si vous ne voulez pas sortir, aucun problème. Ici, ça sera très bien. Une autre fois peut-être ?

— Oui.

Il se retourna et coupa le feu.

— Bon, eh bien, c'est prêt ! lança-t-il avec enthousiasme.

— Super !

— Je vais vous demander un petit service.

— Oui ?

— Pouvez-vous mettre la table s'il vous plaît ? Je dois terminer quelque chose.

Ses paroles me firent sourire. S'il avait su…

— Je m'en occupe.

Je retournai dans le salon et me dirigeai vers le buffet. Je cherchai désespérément de quoi faire une jolie table.

— Que cherches-tu, ma fille ?

— Je cherche une nappe. Tu ne sais pas où tu les aurais rangées ?

— Une nappe ? Pour quoi faire ?

— Tom m'a demandé de mettre la table, répondis-je, amusée.

— Mettre la table ?

Elle se mit à rire, mais j'avais l'impression qu'elle appréciait.

Cela faisait si longtemps que ma mère et moi n'avions pas pris un vrai repas autour d'une table. La dernière fois que cela s'était produit remontait au temps où mon père était encore parmi nous.

— Regarde dans ce placard.

— C'est bon, j'ai trouvé. Merci.

Nous prîmes cette mission très à cœur. Maman m'aidait comme elle le pouvait. Elle plaça un petit bouquet de fleurs artificielles au centre.

— Maman, je ne crois pas que ça soit nécessaire.

— Pourquoi tu dis ça ? Ça égaye un peu, tu ne trouves pas ?

— C'est un peu too much les fleurs…

— Et moi, je trouve que c'est une très jolie table, dis Tom en apportant le repas.

Il fit un petit clin d'œil à ma mère au passage. Et celle-ci sembla ravie. Il avait encore marqué des points, on dirait.

J'avais l'impression que ces deux-là étaient plutôt complices et ça me plaisait moyennement. J'espérais qu'il n'essayait pas de mettre ma mère dans sa poche pour m'atteindre.

Nous passâmes à table et commençâmes à nous servir lorsque ma mère prit la parole.

— Seigneur, nous te remercions pour ce repas. Bénis ce jeune homme pour le dîner qu'il vient de nous préparer. Amen.

— Amen, fit Tom.

Je la regardai sans dire un mot. J'en restai bouche bée.

Ça alors ! La dernière fois que j'avais entendu ma mère dire le bénédicité, c'était à Noël avant que mon père nous abandonne.

Depuis, même s'il y avait quelques bibelots de la Vierge et de Dieu dans sa chambre, je ne l'avais jamais entendue prononcer aucune prière.

Avec toutes les galères que nous avions vécues, je pensais qu'elle avait arrêté de croire en Dieu. Ce qui était mon cas depuis bien longtemps.

Le repas se passa extraordinairement bien. Nous discutâmes de tout et de rien. Tom et ma mère semblèrent s'entendre à merveille.

Je n'avais jamais vu ma mère aussi détendue. Pour une fois qu'elle avait de la compagnie – ce qui était très rare – je la sentis heureuse.

Tom avait pensé à tout. Même le dessert était parfait, mais il était presque vingt-et-une heures trente et maman commençait à fatiguer.

— Maman, tu t'endors.

— Oui, tu as raison. Je vais aller me coucher. Mais reste avec ton ami. Ça va aller, j'ai réussi à me mettre au lit la dernière fois.

— Non ! Je vais t'aider. Ça ne sera pas long.

— D'accord. Bonne soirée monsieur Prescott et encore merci pour le repas. C'était délicieux.

— Je vous en prie, madame, tout le plaisir était pour moi. J'ai été ravi de faire votre connaissance.

Je m'adressai à Tom.

— Je vous dis à tout à l'heure.

— À tout à l'heure, me répondit-il.

— Maman, allons-y.

Je poussai ma mère dans son fauteuil jusqu'à sa chambre et l'aidai à enfiler sa chemise de nuit.

Ma mère ne trouva pas d'autre moment pour me parler de Tom qui était juste à côté, dans le salon.

— C'est vraiment un garçon bien. J'aimerais tellement que tu rencontres quelqu'un comme lui.

Tom se posta discrètement derrière la porte entrebâillée. Il sourit en entendant tout cela.

— Un jour peut-être…

— Mais pendant le repas, j'ai vu comment il t'observait, tu sais… Je suis sûre qu'il t'aime bien. Vous feriez un beau couple.

Sa remarque me fit éclater de rire.

— Maman, ne dis pas de bêtises. Tu es fatiguée. Il est temps d'aller te coucher. Allez, je te mets au lit.

Je m'apprêtai à la soulever, quand une violente douleur au niveau des lombaires me stoppa dans mon élan.

— Aïe !

Elle m'échappa et retomba dans son fauteuil.

— Abby, ça suffit. Ne force pas. Je vais me débrouiller.

— Non, ce n'est rien. Ça va aller.

— Ma fille, tu sais que c'est comme ça que j'ai fini dans ce fauteuil…

— Je sais, maman, mais ne t'inquiète pas. Tu n'es pas si lourde. Je vais y arriver.

Je m'apprêtai à la lever une nouvelle fois quand Tom toqua à la porte.

— Excusez-moi…

Ma mère l'autorisa à entrer.

Je me retournai. Ma mère l'observa également.

— Oui ?

— Pouvez-vous me dire où sont les toilettes ?

— Euh…

J'allais le conduire au petit coin quand son regard se posa sur le fauteuil de ma mère.

— Oh ! Mais attendez, laissez-moi vous aider. Vous permettez ?

— Bien sûr ! répondit ma mère.

Il entra dans la chambre et la prit dans ses bras. Il mit ma mère au lit et la borda avec la couverture.

Je le regardai faire. J'étais très touchée. Je n'aurais jamais pensé qu'il aurait fait ça.

— Voilà ! Bonne nuit madame Saint-Clair.

— Merci Thomas. Vous êtes adorable.

Cela l'amusa.

— Je vous remercie, madame, mais ce n'est pas grand-chose.

Il quitta la pièce.

Je donnai un baiser sur le front de ma mère.

— Bonne nuit maman.

— Merci ma fille.

Et je partis rejoindre Tom, mais avant, je fis un petit détour par la cuisine pour avaler un antidouleur. Je fixai l'évier car le temps de revenir, il avait débarrassé la table et fait la vaisselle. Si je m'attendais à ça... Jamais un de mes ex n'aurait pensé à faire tout ça !

Il patientait sur le canapé du salon en lisant un des magazines de ma mère.

Je m'assis à ses côtés et me tournai vers lui. Il fit de même.

— Tout à l'heure, vous l'avez fait exprès, n'est-ce pas ? Vous ne cherchiez pas vraiment les toilettes ?

— C'est vrai, l'envie m'est passée ! lança-t-il, franco, en souriant.

— Pourquoi êtes-vous venu m'aider ? J'ai l'habitude.

— Parce que je vous ai entendu crier. Je voulais vous éviter un mal de dos. Je n'avais pas envie de terminer cette soirée aux urgences.

J'esquissai un sourire. Je voulais le remercier pour ce dîner, mais je voulais aussi lui dire ce que je ressentais sur notre relation. Je devais être honnête avec lui.

Au moment où j'ouvris la bouche, il prononça mon nom en même temps que moi, le sien.

Cette situation nous fit rire. Il me demanda de commencer, mais je préférai d'abord entendre ce qu'il avait à dire.

— Je voudrais que nous parlions de ce qui s'est passé cette nuit. Je dois être sûr.

— Vous voulez vraiment revenir là-dessus ?

— Oui ! Il le faut.

— Tom, ce qui s'est passé entre nous, ça n'aurait jamais dû se produire. C'était une erreur.

— Une erreur ?

— On a couché ensemble sur un coup de tête. C'était juste une… lubie.

— Je ne partage pas votre avis. En réalité, je crois même que je n'avais pas éprouvé ce sentiment depuis très longtemps. *Il se redressa sur le canapé et me fixa.* Abigaëlle, je suis amoureux de vous.

Une fois de plus, il réussit à me faire taire. Je fus vraiment perturbée par ce qu'il venait de dire.

— Tom…

— Peu importe ce que vous direz, je ne veux pas l'entendre car je sais que vous ferez tout pour me dissuader. Cela dure depuis bien trop longtemps, alors je vais être clair avec vous.

Il saisit mes deux mains. J'avais l'impression qu'il allait me faire sa demande.

— Vous me faites peur. Pourquoi prenez-vous cet air sérieux ?

— Je veux que vous veniez habiter avec moi !

— Pardon ?

Je me figeai.

— Je veux que vous deveniez ma petite amie.

— Tom… ris-je niaisement.

— Vous allez démissionner. Vous allez rendre cet appartement. Et nous allons emménager ensemble. Ensuite, vous reprendrez vos études et vous deviendrez la plus brillante avocate de ce pays !

Je l'observai très attentivement.

— Est-ce que vous avez perdu la raison ?

— Non, je n'ai pas perdu la raison, mais vous me rendez dingue, ça c'est sûr !

J'étais très touchée en entendant tout ça, mais en même temps, j'avais très peur.

Je me levai jusqu'à la fenêtre. Ce qu'il me demandait était insensé.

— Je ne peux pas faire ça !

Il se leva à son tour et me rejoignit.

— Abigaëlle, regardez-moi.

Je fis ce qu'il me demandait.

— …

— Je vous aime et je veux juste votre bonheur. Je ferai tout ce qui est en mon pouvoir pour vous aider à avoir la vie dont vous rêvez.

— D'accord, mais pas comme ça. J'aurais l'impression de profiter de vous à chaque instant. Je ne suis pas ce genre de femmes.

— C'est là où vous vous trompez. Vous n'êtes pas ce genre de femmes et je le sais. Mais si vous n'acceptez pas ma proposition, vous ne serez jamais heureuse. Vous douterez toujours de vous et vous ne prendrez jamais conscience de votre valeur. Parce que, croyez-moi, vous valez mieux que ça. Je veux vous aider et je vais vous aider ! Mais il faut que vous me fassiez confiance. Vous voulez bien faire ça pour moi ?

— Je ne sais pas…

— Abby, s'il vous plaît.

J'hésitai un instant, mais je ne pouvais le laisser espérer indéfiniment. Et depuis le temps que j'attendais le jour où il me révèlerait enfin ses sentiments, je ne pouvais continuer de nier l'évidence.

— C'est d'accord. Je vous fais confiance.

Il sourit.

— Mais pour les études, je n'y arriverai pas ! rajoutai-je d'un air peu convaincu.

— Pour quelle raison ?

— Parce qu'il faudrait tout revoir. Tout réapprendre. Ce qui me prendrais énormément de temps. Je n'y arriverai jamais ! Et puis, je n'aurais pas non plus la force d'entreprendre toutes les démarches administratives.

— Nous prendrons tout le temps qu'il faudra. Et vous y arriverez. J'ai confiance en vous. Pour les démarches, vous n'avez rien à faire ! Je me suis occupé de tout. Lors de la soirée de gala, j'ai pu discuter avec le Doyen Banks. Et nous avons évoqué votre possible réinscription à l'Université. Croyez-moi, il semblait ravi. Il ne manque plus que votre accord pour l'inscription.

Je le regardai avec une certaine émotion. Cela me touchait énormément.

— Vous avez vraiment fait ça ?

— Je vous l'ai dit. Je ne veux que votre bonheur. J'ai bien compris que ne pas avoir décroché votre diplôme était votre plus grand regret. Alors je me suis dit pourquoi ne pas vous aider à l'obtenir.

— Je n'arrive pas à croire que tout ceci soit bien réel, je soupirai, mal à l'aise.

— Pourtant, ça l'est ! Et je peux vous garantir que, dès demain, ce que vous avez vécu pendant toutes ces années ne sera plus qu'un mauvais souvenir. Si vous êtes évidemment d'accord pour repartir sur de nouvelles bases ?

Je hochai la tête.

— Évidemment. Mais que dois-je faire ?

— À part aller parler à votre patron et lui donner votre démission, rien ! Les déménageurs passeront demain. Je me suis occupé de prévenir votre bailleur.

— Quoi ? Mais les loyers en retard ?

— C'est réglé !

— Sérieusement ?!

— Je ne suis pas du genre à faire les choses à moitié.

— Ça, je le sais. Mais je crois que vous avez oublié un dernier détail…

— Ah oui ? Quoi donc ?

— Je ne peux pas laisser ma mère ici. Elle a besoin de moi.

— Il n'a jamais été question d'exclure votre mère. Elle continuera de vivre avec vous. À ce propos, je me suis permis de prendre les devants si vous n'y voyez pas d'inconvénient. Une équipe médicale s'occupera d'elle lorsque vous emménagerez. Je préfère m'assurer qu'elle ait le meilleur suivi possible.

Alors là… Cet homme m'impressionnait. Il avait vraiment pensé à tout. Mais la honte m'envahit de nouveau.

— Vous vous rendez compte de ce que vous dites ? Ça ne vous dérange pas de vivre avec deux boulets ?

— Ne dites pas ça ! Je refuse de vous entendre dire ça.

— Mais Tom, c'est pourtant la vérité ! Si je quitte mon travail, qui payera les dettes de ma mère, mes études et tout le reste ?

— Vous savez que ce n'est pas un problème pour moi. Je me chargerai de tout ça.

— Mais ce n'est pas à vous de gérer tout ça !

— Et si c'était vraiment ce que je voulais ?

— …

Je lui lançai un petit regard rempli d'incompréhension, puis regardai à l'extérieur. Je ne savais pas quoi répondre. C'était insensé.

D'un autre côté, j'étais heureuse d'entendre tout cela. Maman allait enfin pouvoir se faire soigner et bénéficier d'un suivi médical adapté.

Je ne pus contenir mon émotion. Je ne le remercierai jamais assez pour ça.

Je n'arrivais pas à y croire. Il avait vraiment tout manigancé depuis le début et je n'avais rien vu venir.

La fin semblait proche. La fin de toutes ces galères. J'étais comme délivrée de tous ces tracas.

Tom jeta un œil sur sa montre.

— Il se fait tard. La journée de demain risque d'être longue. Je vais vous laisser maintenant. Vous devriez vous reposer.

— Comment voulez-vous que je dorme après ça ?

Il sourit puis se dirigea vers la porte. Il posa sa veste et son écharpe sur son bras.

— C'est votre dernière nuit ici. Je passerai vous prendre demain avec votre mère.

Je lui fis un signe de la tête pour lui signifier mon accord. Je faisais celle qui ne ressentait rien, mais au fond j'étais excitée.

— Tom… Merci !

Il se retourna.

Je finis par lui donner un baiser. Il écarquilla les yeux et me fixa avec un petit sourire. Il ne devait pas s'attendre à cela.

— Dernière chose…

— Oui ?

— Maintenant que notre relation est officielle et que nous sommes sur le point de vivre ensemble, j'aimerais que nous arrêtions de nous vouvoyer.

J'éclatai de rire, il m'avait dit ça tellement spontanément.

— Je suis entièrement d'accord.

Il partit sur ces mots.

Je rentrai et m'adossai à la porte. Cet instant était surréaliste. Tom et moi étions enfin ensemble et j'allais emménager avec lui.

Chapitre 19

Les jours suivants, tout s'était très rapidement enchaîné.

J'annonçai à Jerry ma démission. Il fut très heureux que je reprenne mes études. Mais en même temps, il fut déçu de perdre un « bon élément » d'après ce qu'il me confia.

Quant à Gloria, elle fut si heureuse que je quitte enfin cet emploi. Selon elle, je n'avais rien à faire ici. Elle m'avait répété tellement de fois que j'avais du potentiel et que je devais à tout prix l'exploiter.

Nous fîmes nos adieux à tous les gens du quartier. Daryl, sous ses airs de caïd, ne cacha pas sa déception. Il me confia qu'il perdait une petite sœur. Et comme le jour de notre rencontre, il nous aida à déménager. Lui et ses gars nous avaient même donné un coup de main pour faire nos cartons.

Mais, par-dessus tout, il y avait une personne que je n'oublierai jamais. Je ne remercierai jamais assez Maddie pour tout ce qu'elle avait fait pour ma mère et pour moi. Pendant toutes ces années, elle avait été une confidente, une oreille attentive, une conseillère, presque une mère pour moi et pour nous tous d'ailleurs.

Maddie n'avait cessé de me répéter que j'avais fait le bon choix. Elle était très fière de moi.

Il était certain que je n'allais pas la revoir de sitôt car la villa de Tom où nous avions emménagé était située dans un autre État, à deux heures d'avion de ce quartier.

Je lui fis mes adieux, mais il était certain que cette femme resterait dans mon cœur à tout jamais.

Toutes les démarches pour mon admission à l'université furent réalisées. J'étais enfin inscrite pour la prochaine rentrée. J'avais très peur, mais Tom croyait en moi depuis toujours, alors je refusai de le décevoir.

Comme promis, il régla les dettes de maman et tous les problèmes financiers que nous avions pu connaître autrefois s'envolèrent. Désormais, nous ne manquâmes de rien.

Il fut persuadé qu'une petite remise à niveau me ferait le plus grand bien. Alors, avant de rejoindre l'université, des professeurs me donnèrent des cours particuliers pour me remettre doucement sur les rails.

Je passais mes journées à réviser. J'étais si motivée à l'idée d'obtenir ce diplôme que c'était un véritable plaisir d'étudier. Je dus bien avouer que cela m'avait énormément manqué.

Le jour de ma rentrée universitaire, le Doyen Banks me convoqua. Il fut ravi que je revienne étudier à Forks. Et il m'interdit bien entendu de quitter cette université sans mon diplôme en poche !

Le Doyen Banks était un homme qu'il ne valait mieux pas contrarier. Autant dire que je pris cette petite « menace » très au sérieux.

Tout ceci n'était évidemment qu'une boutade, car il avait un humour assez particulier.

Une chose était sûre, je refusais de le décevoir à nouveau. Je respectais tellement cet homme que je lui promis de ne pas quitter Forks sans ce diplôme !

La reprise des cours se fit sans difficulté. En réalité, j'avais l'impression de n'avoir jamais quitté cet endroit. Rien n'avait changé. Certains professeurs étaient encore en poste. Les couloirs, les salles de cours, la cafétéria, le restaurant et la bibliothèque universitaire… tout était identique. Autant dire que j'étais dans mon élément.

Cependant, il était toujours aussi difficile de se faire des amis. Si mes souvenirs étaient exacts, lorsque j'avais intégré Forks la première fois, j'avais réussi à me faire une amie au bout de trois mois.

Mais je ne m'en fis pas. J'étais persuadée que cela viendrait avec le temps. Je préférai me concentrer sur mes études et sur Tom qui partageait à présent ma vie.

D'ailleurs, notre relation et mon emménagement avec lui ne mirent pas longtemps à s'ébruiter. Quelques photos de nous avaient fuité dans la presse, mais il faisait tout pour me préserver. Lorsqu'il était interviewé par la presse, il préférait éviter de parler de nous deux. Il ne voulait pas que cela me cause de préjudice.

Il était certain que je vivais ma meilleure vie, mais le jour que je redoutais le plus arriva.

La maladie de ma mère avait progressé malgré tous les soins dont elle avait pu bénéficier grâce à Tom. La maladie avait réussi à gagner du terrain.

Nous avions dû l'emmener à l'hôpital en pleine nuit. Tom patientait avec moi dans la chambre.

Et avant de rejoindre les cieux, elle me remercia d'avoir pris soin d'elle pendant tout ce temps. Elle me confia aussi ce qu'elle avait sur le cœur, les larmes aux yeux.

Je sentais qu'elle n'en avait plus pour très longtemps et j'en fus terrifiée. Je ne pus m'empêcher de pleurer.

— Pardon, ma fille. Pardon. Je n'ai pas été à la hauteur.

— Maman, tu en as fait suffisamment comme ça. Grâce à toi, j'ai fréquenté les meilleures écoles. J'ai été à Forks. Tu as fait ce que tu as pu pour que je ne manque de rien. La vie ne t'as juste pas fait de cadeau. Ne te reproche rien parce que, pour moi, tu as été exemplaire et je ne sais pas si j'aurais eu ton courage.

— Oh si, tu as du courage. Tu es une jeune femme extraordinaire. Si seulement…

— Maman… arrête de te faire du mal. Ne pense plus à tout ça. C'est derrière nous maintenant.

— Grâce à Thomas. Notre ange gardien à toutes les deux. Tu sais que j'aime beaucoup ce garçon.

— Oui, je le sais. Tu le considères comme ton propre fils.

— Abby, ma chérie, promets-moi une chose…

— Laquelle ?

— Que votre couple dure toujours. Vous traverserez sûrement des moments de désert, mais faites en sorte de rester soudés. Et sois heureuse !

— Je t'en fais la promesse.

Elle me sourit. Une larme coula sur son visage quand, soudain, son cœur s'emballa. Elle serra ma main très fortement, puis relâcha la pression.

Le monitoring s'affola.

Tom appela de l'aide puis revint pour me calmer. J'avais si peur de la perdre.

Les soignants entrèrent et firent leur possible pour la réanimer, mais ce fut trop tard. Elle avait rendu son dernier souffle.

Après avoir quitté la chambre, je m'effondrai en larmes dans le couloir. Heureusement que Tom était à mes côtés car je n'aurais jamais pu surmonter cela toute seule.

♡

Il me fut très difficile de faire le deuil de ma mère et d'étudier en même temps.

Les examens approchèrent et j'étais si mal que je ne trouvais pas la motivation, mais je lui avais fait une promesse. Et de là-haut, je voulais qu'elle soit fière de moi.

Ce diplôme était ce que je souhaitais le plus. Et puis, je ne pouvais pas non plus décevoir Tom. Il comptait sur moi.

Je me repris rapidement en main et ne perdis pas de vue mon objectif…

Quelques mois plus tard, je fus diplômée de l'université de Forks.

La cérémonie de remise des diplômes fut mémorable. Tous les professeurs étaient très fiers de moi, le doyen également. Ils avaient même décidé de m'attribuer le titre de l'étudiant le plus méritant. C'était un véritable honneur. Quant à Tom, il était si heureux. À chaque fois qu'il posait les yeux sur moi, je ressentais toute la fierté dans son regard.

À la fin de la cérémonie, il remercia le Doyen Banks de m'avoir fait confiance. Et le soir venu, il m'emmena dîner dans un restaurant très luxueux pour fêter cet évènement.

Heureusement qu'il était à mes côtés, car je n'aurais pas eu le courage de réaliser tout ça seule. Il était devenu ma force, mon pilier et je ne voyais plus ma vie sans lui.

Les semaines suivantes, je n'eus aucun mal à dégoter mon premier emploi en tant qu'avocate dans un cabinet très réputé de la ville. Avec un diplôme venant de cette faculté prestigieuse et mes nombreux stages en entreprise, mon dossier était plus que satisfaisant. Les employeurs ne pouvaient laisser passer un tel élément.

Désormais, même Grant faisait appel à mes services lorsqu'il en avait besoin. Il ne regrettait certainement pas son ancien avocat.

♡

Quelques mois plus tard, nous passâmes nos premières vacances ensemble.

Il m'emmena aux Caraïbes. Avec le stress des examens, il pensait que j'avais besoin de me détendre et il était aussi persuadé que nous avions besoin de nous retrouver tous les deux.

Pour être tout à fait honnête, je n'avais jamais passé d'aussi belles vacances. Sans parler de l'époque où je voyageais encore avec mes parents, cela faisait une éternité que je n'en avais pas pris. Je ne saurais dire combien d'années exactement, mais je ne savais plus ce que l'euphorie des vacances pouvait provoquer.

L'hôtel où nous séjournâmes fut digne des plus grands palaces. Quant à la suite, je n'eus pas les mots lorsque je franchis le seuil de la porte. Il n'y avait qu'à la télévision que j'avais pu voir des lieux pareils.

Ce n'était pas la première fois que Tom venait sur cette île. Il connaissait déjà les bonnes adresses et les endroits incontournables à visiter.

Pas une seule fois, nous passâmes la soirée à l'hôtel car Tom préférait profiter pleinement de chaque instant.

Pourtant ce soir-là, il changea de programme. Il était bientôt dix-neuf heures, mais il n'avait pas la motivation d'aller dîner en ville. Il s'installa devant la télé. Alors moi, pendant ce temps, je fis quelques brasses dans la piscine.

Une petite demi-heure plus tard, je rejoignis Tom à l'intérieur de notre suite. Il m'attendait, mais je compris tout de suite qu'il se tramait quelque chose. Avant de regagner la piscine, il était vêtu d'un short et d'un débardeur. Et là, il s'était changé.

— Pourquoi tu t'es habillé ? On sort ?

— Pas vraiment, mais j'avais envie de faire différemment ce soir.

— Hum… Pourquoi j'ai l'impression que tu prépares quelque chose…

Il se mit à rire.

— Tu te fais des idées, mon cœur, mais tu devrais plutôt aller t'habiller. J'ai tout posé sur le lit.

Je fronçai un sourcil. Qu'était-il en train de me cacher ?

Je lui donnai un baiser, puis fis ce qu'il me demandait.

Une robe était posée sur le lit ainsi qu'une boîte contenant des chaussures à talons.

Je ne pus m'empêcher de rire. Exceptionnellement, il préférait que l'on passe la soirée ici. Ça ne lui ressemblait pas. Il avait clairement une idée derrière la tête ! Je filai sous la douche puis me préparai.

Plus tard, le service d'étage sonna. Tom les reçu. Ils ne restèrent pas longtemps.

Je quittai la chambre et restai plantée là.

Ils avaient apporté à dîner. Il y avait même du champagne.

J'observai la belle table dans les moindres détails.

— Ah d'accord. Je vois…

— Je voulais qu'on reste un peu tous les deux. J'espère que ça ne te dérange pas.

— Ici ou ailleurs… peu importe, du moment que je suis avec toi.

Il ne répondit pas, mais esquissa un sourire et se mit à rougir.

Il ouvrit la bouteille de champagne et remplit nos coupes.

— Et on fête quoi exactement ?

— Rien de particulier.

Je l'interrogeai du regard.

— Tu portes un pantalon et une chemise pour rester dans ta chambre d'hôtel. Tu m'as demandé de porter cette robe d'un célèbre créateur et je ne parle même pas des chaussures... Tu as fait monter un superbe dîner, tu me sers du champagne et, tout ça, c'est juste comme ça ?

J'avais compris son petit jeu. Il était démasqué.

— OK… j'ai menti !

— Ah… intéressant.

Il s'avança vers moi et me tendit une coupe.

— À nous deux, trinqua-t-il.

— À nous, répondis-je en souriant.

Il posa ensuite sa coupe, s'approcha de moi et serra mes mains entre les siennes.

— Abby, je sais qu'on a traversé pas mal d'épreuves tous les deux alors, je voulais te rappeler à quel point je t'aime.

Il était si mignon que je fondis littéralement.

— Je le sais, chéri.

— Je voulais aussi que tu saches que je serai toujours là pour toi et que tu pourras toujours compter sur moi. Je…

Il baissa la tête vers le sol. Il semblait perturbé.

— Hey ! Tom, chéri, je sais tout ça. Mais qu'est-ce qu'il y a ? Pourquoi tu me dis tout ça ?

Il esquissa un sourire et se mit à rougir de plus belle.

— Abby, il faut que je te demande quelque chose…

— Je t'écoute.

— …

Il sortit un écrin de sa poche et s'agenouilla devant moi.

Je perdis alors mon sang-froid.

— Tom, qu'est-ce que…

— Abigaëlle Saint-Clair, veux-tu devenir ma femme ?

Je ne pus retenir mes larmes.

— Oh ! Alors ça…

— Je comprendrais que tu ne veuilles pas. Peut-être que c'est encore un peu tôt pour toi, mais…

Je ne pus le laisser continuer. J'attendais ce moment depuis si longtemps. Ne se rendait-il pas compte qu'il venait de faire de moi la femme la plus heureuse du monde ?

— Bien sûr que je veux être ta femme ! lançai-je aussitôt.

Il se mit à rire et me passa la bague au doigt. Je ne pus contenir mon émotion.

Il se releva et me donna un baiser tout en me serrant contre lui.

— Abigaëlle Prescott ça sonne plutôt bien. Qu'en dis-tu ?

Il saisit nos coupes et me tendit la mienne.

— Je suis assez d'accord. Je suis si heureuse d'être ici avec toi. Rien que d'imaginer que je vais être ta femme, c'est comme un conte de fée, un rêve qui se réalise.

Il leva son verre et me fixa de son doux regard.

— Alors faisons en sorte que cet instant reste inoubliable et que notre amour dure à tout jamais.

Je n'étais pas prête d'oublier ce voyage.

Après le repas, nous nous baladâmes sur la plage. Puis nous nous posâmes quelques minutes sur le sable pour observer le ciel étoilé.

Tom, qui se trouvait derrière moi, me serra fort dans ses bras.

À cet instant, je ne pus m'empêcher de repenser à tout ce que j'avais vécu depuis toutes ces années.

J'étais passée par tant d'épreuves avant de connaître le véritable bonheur.

J'avais connu la pauvreté, j'avais dû arrêter mes études pour trouver un emploi en catastrophe et espérer pouvoir m'en sortir. Ma mère et Tyler m'avaient quittée.

Tant de fois j'avais pensé en finir. Tant de fois j'avais perdu l'envie de vivre. Tant de fois je m'étais sentie seule et abandonnée.

Et puis Tom était arrivé dans ma vie. Peut-être que notre rencontre était écrite ? Il fallait peut-être que je sois patiente car mon tour sur la liste d'attente du bonheur n'allait pas tarder à arriver ?

J'avais enfin retrouvé l'espoir que j'avais perdu. Ce vilain complexe d'infériorité avait totalement disparu, car Tom m'avait appris à avoir confiance en moi. Et il m'avait prouvé que je pouvais réaliser de grandes choses. Il m'avait aidée à redevenir cette jeune femme brillante qui sommeillait en moi.

Grâce à lui, ma vie avait changé du tout au tout. J'avais repris mes études. J'avais quitté mon ancien quartier. J'étais devenue avocate, je ne manquais de rien et je n'allais pas tarder à épouser cet homme parfait pour moi. Que demander de plus ?

Un jour, Tom m'avait confié que j'avais changé sa vie et sa façon de voir le monde. Mais aujourd'hui, je pouvais assurément affirmer qu'il avait changé la mienne.

Glossaire

et

Personnages

Abigaëlle Saint-Clair (Abby) : Jeune femme de ménage employée au Rosebury Plaza Hôtel

Ambre : Ex-petite amie de Thomas Prescott

Antoine Saint-Laurent : Homme politique

Arthur & Spencer : Tailleur / boutique de costumes

Aspic : Chef du gang ennemi de Daryl

Bigs : Voyou, bande de Daryl

Boulevard des Atlas : Endroit où vit Abigaëlle — communément appelé par les habitants « Cité des Atlas » situé au Belvédère

Café Jolly lake : Café du lac

Cameron Spitz : Coureur sportif

Carla : Collègue d'Abigaëlle à l'accueil du Rosebury

Charmont : Province huppée où vit la famille de Tom Prescott

Crystalle Ventura : Actrice cougar

Daryl (Big bro) : Voisin d'Abigaëlle et chef du gang de leur quartier

Eve Saint-Clair : Mère d'Abigaëlle

Garry : Chauffeur de bus

Georges Robinson : Directeur adjoint de la faculté de Forks

Gloria : Collègue et amie d'Abigaëlle

Grant : Ami et manager de Thomas Prescott

Harry Fisher : Détective privé

Jerry Aster : Patron d'Abigaëlle

Jo Caswell : Fondateur du centre pour les plus démunis

Larry : Portier au Rosebury Plaza Hotel

Les gardiens de Keldora : Film dont l'acteur principal est Thomas Prescott

Madame Talbot : Supérieure d'Abigaëlle

Maddie et Luis Angeli : Responsables de l'association pour les plus démunis au Belvédère

Mariama : Collègue d'Abby

Megan Quill : Présentatrice de télévision très célèbre

Merill Storm : Sportive, supposée ex de Tom

Miss Swann : Cliente et habituée du Rosebury

Parc de la Nymphe : Parc situé près du lac

Port-Agathe (Faubourgs Sainvil) : Endroit où Abigaëlle a grandit

Reeverse : Personnage incarné au cinéma par Thomas Prescott

Richard Banks : Doyen de la faculté de Forks

Roc Fellah : Gala de charité en faveur des enfants défavorisés dans le monde

Rosebury Plaza Hôtel : Hôtel prestigieux où travaille Abigaëlle

Ruby Nova : Chanteuse et ex de Tom

Serena Calma : Star de cinéma et ex de Tom

Simon : Chauffeur et assistant de Thomas Prescott

Théâtre Orsini : Salle de théâtre très connue

Thomas Prescott : Acteur très en vogue

Tyler : Jeune homme habitant la cité, voisin d'Abigaëlle

Université de Forks : Faculté où Abigaëlle a étudié le droit

Remerciements

Pour commencer, je souhaite remercièr mes lecteurs.

Merci d'avoir lu *Nous danserons sous les étoiles*. J'espère que ce récit a été à la hauteur de vos espérances.

À ma mère et à ma sœur, mes premières lectrices.

Mille mercis à ma petite communauté sur les réseaux sociaux pour son soutien indéfectible. Merci pour vos encouragements et nos échanges passionnés.

Un grand merci à Katia ma graphiste (K2K Design – également connue sous le nom de plume Kabee Grey), pour cette magnifique couverture.

Je tiens à remercier également ma correctrice Marion (Plume Corrective) pour sa patience et son travail de correction/relecture sur ce roman.

Sans oublier Clément, l'homme de ma vie (Kharos Project) qui a mis tout son cœur pour réaliser le booktrailer de cette histoire. Merci de m'aider à réaliser mon rêve.

Et un grand MERCI à la vie, car parfois, elle peut être cruelle. Mais bon Dieu qu'elle est belle !

Si ce roman vous a plu, n'hésitez pas à laisser votre avis sur Amazon et les plateformes de lecture en ligne.

Nous danserons sous les étoiles

Et si vous souhaitez être au courant de mes futures sorties et de ma vie d'auteur, rejoignez-moi sur les réseaux sociaux :

Instagram : virginie_kzl
Facebook : Virginie KZL

Site internet : www.virginiekzl.com